ねこをかうことにしました

今江祥智

ハルキ文庫

角川春樹事務所

ねこをかうことにしました

目次

本文イラスト　宇野亞喜良

ねこをかうことにしました

ゆめみるモンタン

1

れいこちゃんちの、ねこのモンタンは、どうやらじぶんのことを、ねことは思っていないらしい。人間だと思っているらしいのです。

そのしょうこに、モンタンはなんでも食べます。つけものだって、くだものだって、ぴちょぴちょとかわいく舌《した》つづみをうって、たいらげます。つけもので、おこのみは、みょうがの梅《うめ》すづけ、くだものでは、ちかごろはやりだしたキウイといったところですから、人間にしても、ちょっとしたものです。

また、とうさんのおあいてをして、水割《みずわ》りも、やります。ビールも、ひげのさきっちょにあわをくっつけながら、いただきます。

食後のテレビ見物も、ちゃんとつきあいます。音楽番組がお気にいりで、ロックやディスコ調のものは、しっぽでリズムをとりながら、きいています。しかし名前にふさわしく、やっぱりシャンソンがいちばんお気にいりらしく、ムスタキおじさんやオーブレおねえさんがでたときは、家の人よりも、うっとりとききいっていました。

テレビ・ドラマも見物します。たいくつだと、よそ見したり、あくびしたりしますが、そんなときは、れいこちゃんでも、たいくつなところですから、おどろきます。おしっこもちゃんと、コマーシャルのあいだにすませます。

ねこは、こたつでまるくなる――というように、たいていのねこは、ねむるとき、ふとんのすみっこでまあるくなってやすみます。けれどモンタンは、家の人とおなじように、あおむけにねます。いびきも、かるくかきますし、ときどき、ねごともいいます。ゆめもみるのか、よくあしをうごかしてみたり、にっとわらったりします。ときには、わるいゆめをみてうなされて、とびおきますが、そんなところは、かあさんそっくりです。

朝、とうさんが新聞をひろげていると、とうさんのひざもとにすわりこんで、とうさんとおなじところを見ています。ほんとにちゃんとわかって読んでいるみたい。れいこちゃんが学校にいくときも、とうさんが、つとめさきの水族館にでかけるときも、犬みたいについてきます。

—車があぶないさかい、帰りなはれ。

というまでついてきます。そのことばをきくと、しょうことなしみたいに帰ります。

かあさんの、そうじ、せんたくのあいだは、じゃまにならないように、屋根の上で日なたぼっこしています。雨の日だと、とうさんの部屋にはいりこんで、だしっぱなしの魚の図鑑《ずかん》をながめています。ページだって、器用にめくるから、こわいみたい。お気にいりの(というのは、おいしそうな)魚の写真は、あきずにながめいっています。

でも、そんなところまでは、さすがに家の人は、知りません。知ったら、気味わるがって、モンタンを追いだすでしょう。そこらあたりは、ちゃんとこころえているらしく、モンタンは「本を読むところ」は、見せないようにしています。

それにもうひとつ、モンタンが家の人に見せないようにしているのは、ちゃんと立って歩くところです。二本足で立って歩くと、いい気分です。だいいち、背《せ》が高くなって、いろんなものを、見おろせるのがいい。そんなモンタンのことを、おどろいて立ちすくむ、ねずみなんかに、かまう気もちもおきません。

けれど、そんなところが、ちょっとしたそぶりにも、でるのでしょうか。かあさんなんか、ちかごろさかんに、

—あらやだぁ。モンタン、ほんまにじぶんのこと、人間やと思てるみたい……。

と、気味わるがります。

—むりもないわなぁ、なんせもうずいぶん長いこと、いっしょにくらしとるんやさかい……。

とうさんは、べつにおどろきも、しないでいいます。でも、ちょっとは、おどろいてほしい。モンタンは、じつに二十一年もいっしょにくらしているのです。

二十一年前というと、日本にイヴ・モンタンの歌がはやったころです。とうさんも、かあさんも、モンタンがお気にいりで、それで、そのときもらったねこに、モンタンという名もつけたくせに、あんまり前のことなので、ちゃんとおぼえていないだけです。

だいたい、そんな、長生きをするねこは、めずらしい。人のことばもわかり、人間らしく、ふるまいもしようというもの。とにかく、れいこちゃんの倍も、生きてきたのですから。れいこちゃんにしてみたら、むかしからずっと家にいる人みたい。

からだじゅうまっ白、ふかふかの毛なみのモンタンは、ほんとに、ねこというより、うちのおじいちゃんみたいなものでした。だから、れいこちゃんだけ、モンタンのことを、おじいちゃんとよんでいました。

2

その日もモンタンは、かあさんの、そうじのあいだ、いつものように屋根にでようと思いました。つゆばれの明るい日ざしのなかで、思いきり、ねそべってやろう——と思い、ものほしだいから、ひらりととびおりた——つもりが、古いまくらみたいに、ぐんにゃりとくずおれていました。

かるい目まいのなかで、モンタンはゆっくりと、じぶんのからだからぬけだしていました。かるくかるくなって、まるで、けむりみたいになって、じぶんのからだから、たちのぼっていました。

下を見ると、屋根の上にじぶんがいます。のんびりと日なたぼっこしているみたいに、見えます。

（あれが、おれやとすると——このおれはだれなんやろ……）

と、モンタンは、人間みたいに考え、

（ほなら、これが死ぬちゅうことやろか）

と、気づいて、どきんとしました。もうすこしで、おっこちるところでした。けれどモンタンは、おちることなく、ゆっくりゆっくりと、たちのぼっていき、いつのまにか、ま

っくらな、まっくらなところへはいりこみ、とけこみ、きえていきました。

＊

めずらしく一日じゅう、ことこと働きづめだったせいで、かあさんは、モンタンのことをわすれていました。それで、学校から帰ってきたれいこちゃんが、

—おじいちゃんは？

と、きくまで、きれいにわすれていました。

ふたりで、家じゅうさがしました。

どこにも、いない。

—おじいちゃんったら、わたしをおどかそ思て……。

おしいれも、さっとあけてみましたが、見つかりません。れいこちゃんは、ほんとのおじいちゃんをさがしているみたいに、せつない気もちになってきました。そして、やっと、屋根の上にねそべるモンタンを見つけたのです。

—モンタン！

—おじいちゃん！

かあさんと、れいこちゃんが、いっしょにさけびましたが、モンタンは、ぴくりともうごきません。れいこちゃんは、はだしで屋根にとびおりていました。

—あぶないわ、れいこちゃん、れいこちゃん。

かあさんが注意しましたが、かまわず、モンタンのところに、かけおりる。ゆすってみる。うごかない。あおむけにして、ならいたての「人工呼吸《こきゅう》」をやってみる。やはり、うごきません。きれいな青い目をあけたまま、モンタンはもう、うごきませんでした。

かあさんも、屋根にとびおりていました。

―モンタンちゃん！

―おじいちゃん！

ふたりは泣きじゃくりながら、大声をあげました。モンタンを、とりあうようにして、だきあげました。モンタンの目は、まるで生きているみたい。遠くをながめて、なにかをゆめみてるみたいに、きらりと光りました。

―どないしたんや、そんなとこで……。

ちょうど、帰ってきたばかりの、とうさんの、あきれたような声が、下でしました。けれど、ふたりのただならないようすに気づくと、とうさんも二階へとんであがり、屋根にとびおりていました。

―モンタン！

―モンタンちゃん！

―おじいちゃん！

三人はまるで、モンタンのたましいを、よびもどそうとでもするみたいに、大声でなんどもなんどもよびかけました。

＊

そのとき、パリのアパルトマンで、目ざめたばかりのイヴ・モンタンが、つぶやいていました。

—だれかが、よんだみたいだな……。だけど、おれはまだ、おじいちゃんとは、よばれたくないぞ……。

にがわらいしながらふりむくと、見たこともない、まっ白なねこが、ふうわりと戸棚《とだな》からとびおりるのが目にとまりました。そいつは、タンポポのわた毛みたいにやさしく、窓《まど》からとびだしていって、それきり見えなくなりました。

—まるで、ゆめのつづきでもみたようだな。

モンタンは、またつぶやき、ソファーにこしをおろしました。いまのねこのせいか、二十年前にヒットさせた「となりのねこ」のひとふしを、ふいと思いだしてハミングし、たばこをくわえると、ゆめみるような目つきになったモンタンは、窓ぎわにいき、朝の光に明るいパリの街なみを、ゆったりとながめるのでした。

周潤発《チョウユンファ》的《の》猫《ねこ》

1

（いややなぁ……）

なにかよくないことがおきる前に、みはるにきまっておこることがある。おなかの上あたりがちくちくしはじめるのだ。はじめのうちは腕時《うでど》計《けい》の針《はり》がうごくときみたいにちくちくだが、いつのまにか、ちくりちくりにかわってくる。針でつつくような痛《いた》みになる。そこまでくると、みはるはいつも、

（いややなぁ……）

と、口の中で言ってしまう。声にだしてしまうと、すぐにでもそのいやなことが、ほんとにおきてしまいそうなので、口の中でぼやくだけにしている。

それなのに、つぎはまたきまって、

―いややなぁ。

と、口にださないわけにはいかないほど、痛《いた》みがはっきりしてくる。ついこのあいだ、通知簿《つうちぼ》をわたされる前もそうだった。これはよくないいな、と思っていると、成績《せいせき》は思っている以上によくなかった。こんなの母さんに見せられないよ……と思うと、さっきまでの痛みが消え、そのかわり、胸《むね》のどきどきが痛みにとってかわった。どうか今日が通知簿をもらってくる日であることを、母さんが忘《わす》れていてくれますように……。そんな、ぜったいにむりな願いをこめて一歩一歩しぶしぶ家にむかっていた。胸のどきどきは、家に近づくにつれて大きくなり、どっきんどっきん……という音が、耳に聞こえるような気がした。ほんとに聞こえるはずがないのに、みはるにはそれがまるで家の客間《きゃくま》にある古い時計の振《ふ》り子《こ》の音みたいに思えた。

―ただいまァ。

ほとんど聞こえないような低声《こごえ》で言ったのに、母さんの声がすぐにはねかえってきた。

―いよっ、おかえりィ。

まさか母さんがそんな言い方をするはずがないのに、たしかにそう聞こえた。

(母さん、はりきってんだ。はりきってわたしのかえるの待ってたんだ)

と思うと、鞄《かばん》の中の通知簿《つうちぼ》をひっちゃぶいてやりたくなった。

ところが母さんは、なんと、通知簿のツの字も口にしなかった。

―みはるの帰るの待ってたんやで。

と嬉《うれ》しそうに言うと、まるで女の子みたいにぴょんと立ちあがり、みはるの腕《うで》をとらんばかりにしてこう言ったのである。

―さ、いこ。いよいよ香港《ホンコン》行きやないの。そのとき着ていくもの買いにいくんやで。

―……そ、そやった。

みはるは二重の幸福を香港のカミサマ（かどうかは知らないが）に感謝《かんしゃ》した。善《ぜん》ハ急ゲ。

鞄を机《つくえ》の上にそっとおくと、さっさとまた靴《くつ》をはいていた。

＊

あとは、なだらかな坂道をスキップしながらおりていくみたいに日がすぎて、気がつくと香港行きのジェット機にのっていた。母さんは、なにしろ生まれて初めての〝外国〟行きだもので、とにかくはりきっていた。見るんだ買うんだ食べるんだ……と、子どもにかえったみたいにはしゃぎ、飛行機の中でも案内書《ガイド》と首っぴきだった。母さんのおぼえた広《カン》東語《トンご》はたった一つで、

「チョイ　ペーン　ティ　ア？」

日本語にすると、「まかりまへんか」なのである。父さんは母さんの手帳に「再平哘呀」と書いてくれた。母さんがいざというときにあがってしまって言葉がでなかったら、そいつを見せるとええがな……という心づかいからしかった。みはるも一つだけおぼえたが、それは「多謝《トーチエー》」、おおきにィ……という言葉だった。

飛行機は無事《ぶじ》に香港国際空港《ホンコンこくさい》についた。みはるは口の中で（多謝《トーチエー》）とつぶやいて立ちあがった。母さんは、いそいそうきうきしていたし、父さんもまんざらでもない顔で飛行機からおりた。

みはるは、名前が面白《おもしろ》いので「キャット・ストリート」というところにいってみたいと思っていた。母さんの案内書で知ったことだ。機内で父さんにそっと言ってみると、

—ああ、摩羅上街《アツパー・ラスカル・ロー》かいな。あそこはあかんわ。ガラクタ市《いち》なんやさかい。

で、かたづけられてしまった。だから、あとはもうだまって父さん母さんについて歩くだけやなぁと思った。なにしろ、みはるはまだ小学校四年生の女の子なのである。つべこべ言えるわけもなかった。

うろうろ歩きは、パターソン・ストリートから始められた。香港三越《みつこし》、香港大丸《だいまる》、香港松坂屋《まつざかや》、香港そごうなどがあるので、なんだか日本の繁華街《はんかがい》を歩いているような気がしてきましたわ……と母さんが言いだし、父さんもうなずいて、場所をかえることになった。

市電《しでん》の走ってるとこへもどって、せまい通りに渡《わた》った。そこはにぎやかな露天市《ろてんいち》といったところで、みはるは一目《ひとめ》で気にいった。気が楽《らく》になった。去年の夏休みにつれてってもらった高知《こうち》のおじいちゃんちの近くにあった朝市《あさいち》みたいだ。いや、戎《えべッ》さんの十日戎《とおかえびす》のときの縁日《えんにち》みたいに思えた。

—ジャーディンズクレッセントちゅうとこや。どうや、にぎやかで気楽やろ。

どうやら父さんも同じような気もちらしいとわかって、みはるはよけいに気分がうきうきした。

あとから思うと、それがしくじりの始まりだったが、そのときは何も考えずに、いそいそと人の流れの中にふみこんでいっただけだった。なんだか日本にいるみたいで、いつのまにか父さん母さんからはなれて一人歩《ひとりある》きしていた。耳許《みみもと》で猫《ねこ》のなきごえのような、鳥のさえずりみたいな広東語《カントンご》が飛びかっていた。

—你先喇。

—我買呢個。

—呢個手提袋係幾多錢呀？

—有冇再平啲嘅？

—我唔知尺寸。

—太細嘞。

みはるには一切《いっさい》何のことやら分《わか》らない。だからBGMみたいに、べつに気にならなかった。べつに使うこともなかったのだから、言葉が分らないのは不安ではなかった。何かとくにほしいものでも見つかったら、父さんか母さんに言えばよい——そう思っていたから、右の店左の店次の店……と、きょろきょろしながら見ていった。何軒目《なんけんめ》くらいだったろうか。みはるは、すてきなTシャツを見つけた。まっ黒な地に柳葉《ウイロー・グリーン》いろの子竜《こりゅう》が飛びまわっている絵柄《えがら》のものだ。みはるはそこで初めてふたりをふりむいた。いない。父さんも母さんも見当《みあた》らない。みはるは胸《むね》がきゅんとなった。

（いややなぁ……）

と思うと同時に同じ言葉を口にしていた。

——いややなぁ、父さん母さん、どこ？

見まわしても見まわしても、ふたりともいなかった。みはるは自分の着ているものを見た。淡藤《ラベンダー》いろのシャツに亜麻《あま》いろのズボン。これじゃとても目立つわけがない。父さん母さんがずっとみはるのことを見守っていてくれたのでなかったら、この人の波の中から見つけられるものではなかった。

みはるは、こんなときにいつもなるように、おなかの上あたりがちくちくし始めるのが分った。つぎは、ちくりちくりだ。みはるは大声で泣きたくなった。けれど、ここはよその国の知らない街だし、まわりの人はみんな知らない人ばっかりだ。そんなまっただなかで日本の女の子が大声で泣くわけにはいかない――と、みはるはみえをはった。

すると、ちくりちくりがやってきた。それも、これまでになかったくらいの痛《いた》さだった。

不安なのと痛いので、みはるは思わずその場にしゃがみこんでしまった。

―有咩問題呀？

―有咩困難呀？

―頭暈？

―扭傷？

―黙呀？

―喂、喂……。

頭の上でいろんな声がみはるに話しかけてくれているらしいとは分《わか》るのだが、何を言っているかは、ちっとも分らなかった。みはるはおなか痛といっしょに頭痛《ずつう》もしてきた。こんなのは初めてだった。いったいどうしたらよいのだろうか。

（お父ちゃん、お母ちゃん！）

みはるはうんと幼《おさな》い女の子になったみたいに、ふたりに呼《よ》びかけていた。けれど声にはなってくれなかった。それほどおなかの痛みがひどくなってきたのだ。みはるの顔から血の気《け》がひいた。紙のように白くなった顔をひきおこした一人《ひとり》が、大声をあげた。

―救傷車！

―麻煩你叫架救傷車嚟！

その声を遠くで鳴く鳥の声のように聞きながら、みはるは暗闇《くらやみ》の中にゆっくりと落ちていった。救急車のサイレンがかすかに耳にのこった。

2

―我好唔舒服。

―我冷傷風……。

―護仕！

―我覺得重係咁。

―好咗少少。

遠くで猫《ねこ》がないている――と、みはるはぼんやりそう思っていた。いろんな声の猫がいてるもンやなぁ……と、ちょっと感心しながら思っていた。猫の声がこんなにいろいろあるとは思わなかった。なき方もこんなにいろいろあったんか……。

（いったいどんな顔の猫かしらん……）

その顔が見たさに、みはるは目を見開いた。何だかずっと見つづけていた長い夢《ゆめ》の奥《おく》からとびだしてやろうと目を見開いた。ところが、まだ目の前に乳《ちち》いろのもやがかかっているらしくて、何も見えなかった。

（いややなぁ、どないしたんやろか）

みはるは、もやの中でもがくようにそう思った。

——唔該你叫識講日文……。

また猫《ねこ》がないてる——と、みはるは思った。いったいどういう意味なんやろか。だけどわたしに猫語が分《わか》るわけないもん……。そうでしょう、猫ちゃん……。

そこでふいと目が開いた——というよりも、目の前にいる猫の——いや、誰《だれ》かの顔が見えたのだった。猫なんかではなかった。人間であり、どうやらお医者さんらしい——と、これはみはるにも見当がついた。

（そやったら、ここは病院？）

いったいどうしてわたしが病院なんかにいるの？　それも、いったいどこの病院？　それにわたし、どこが悪くてこんなところにいるの？　見まわすと大部屋だった。

いっぱい訊《き》きたいことがあった。口が三つほしいと思った。そしたら一度に三つ訊くことができるもの……。

そのときまた猫の声が頭からふってきた。

——我問你……。

——？　何言うてはるのンですか？

—你講咩話？

—？……

そこでやっと、ここに自分のいるわけがのみこめた。自分が、あの市場のまん中でしゃがみこんでしまい、気を失ってしまったことをようやく思い出したのだった。

（そやったら、ここは香港《ホンコン》の病院ちゅうことや。みんなここの人ちゅうことや。言葉も分《わか》らへんし、いったいどないしたらええねんやろ……）

とにかくここから出たかった。そのためには自分が元気であることを見せなければならない、とみはるは思った。そこで、ぴょいとベッドの上に起き上がり、正座《せいざ》してやった。

—你呢？

—喂！

お医者さんらしい人と看護婦《かんごふ》さんらしい人が同時に言って顔を見合《みあわ》せ、瞳《ひとみ》をくもらせた。あちらも困《こま》ってはるんや——と、みはるにも分る表情《ひょうじょう》だった。

（こっちは大困りや。わたし、もう元気やさかい、ここから出してちょうだい！）

そう言いたいのに、むろん相手の言葉は一言《ひとこと》もしゃべれなかった。みはるはいらいらした。

（こんなん、いやや……）

何だか悪い夢《ゆめ》のつづきの中にいるような気分になった。そのとき、またちくり——が始まった。夢の中にいても一足跳《いっそくと》びに跳びだしてしまいそうな鋭《するど》い痛《いた》みが、おなかをななめに走った。

みはるが顔をしかめた。お医者が看護婦《かんごふ》さんに合図し、看護婦さんはすばやく上手にみはるをあおむけに寝《ね》かせた。お医者がみはるの手首をにぎり、目をまっすぐに合わせながら首をかしげた。そのときまたずきんと痛みが走って、みはるは思わず体をうかせてしまった。どうすればいいのだろうか。せめて言葉さえつうじれば、どこがどう痛いか、その痛みのぐあいだって話せるのに……。みはるはすっかりあせってしまったが、どうにもならない。そしてお医者の方でも、とまどっているのが、よく分《わか》った。みはるは不安になった。青い花が胸《むね》のあたりにいくつも咲《さ》きはじめ、みるみるその数をふやしていく感じがした。露草《コバルト・ブルー》いろに胸が染《そ》まっていくのが見える気がした。それがまたお医者にもうつっていくように思えた。

そのとき、窓《まど》のところに男の人の顔がのぞいた。

――日本人《ヤップーンヤン》？

その男の人はお医者にそう訊《き》いた。

お医者がうなずき、男の人が部屋に入ってきた。目の前に立ったその男の人は、みはるの目から見てもなかなかの男前《ハンサム》だった。それがにっと笑うと、とっても人なつっこい顔になった。

―日本の人？

思わずそう訊《き》いてしまったほど、優《やさ》しくて親しみのある目で、その人は微笑《ほほえ》んでいた。

―唔係《ンハイ》。

その人はゆっくりと首を横にふってそう答えた。それでいまの言葉が「いいえ」だと分《わか》った。その人はこんどは自分の顔を指さして、

―我姓《ゴオセン》、周　潤発《チヨウユンフア》。

と、ゆっくり言い、チョーを何度かくり返したので、その人がチョーさんだと、みはるにも分った。そこで自分を指さすと、

―み・は・る……。

と、ゆっくりはっきり言った。

―我知道明了。

チョーさんはうなずき、分ってくれた。チョーさんは目をくりくりさせると、

―ミハルさん。

と、ちゃんと呼《よ》んでくれた。ミハルちゃん、と子どもあつかいにしないところも気にいって、みはるは思わず右手をさしだしていた。チョーさんはそれをしっかりにぎってくれた。これでふたりは友だちだよといったにぎり方だった。いつのまにか、みはるの胸《むね》から不安のどきどきが消え、おなかをななめに走っていた痛《いた》みもなくなってくれていた。お医

者はすばやくそんなみはるのようすをみてとり、こちらもにっと笑った。そして、

―多謝《トーチエー》、発仔《ファッツァイ》。

と、チョーさんにむかって言い、やはり右手をさしだした。チョーさんはお医者とかるく握手《あくしゅ》し、これで大丈夫《だいじょうぶ》――といった目で、みはるとお医者を半々に見てくれた。ふたりとも同時にうなずき、こんどはみはるとお医者が握手していた。チョーさんは、

―対唔住。

と言ってから、みはるに、

―ドウモドウモ。

と、日本語で言ってくれた。みはるもあわてて、「多謝《トーチエー》」と、たった一つだけ知っている広東語《カントンご》でおれいを言った。チョーさんは、じゃあまたね――というふうに右腕《みぎうで》をあげてあいさつすると部屋から出ていった。何だか柔《やわら》かな毛布《もうふ》でつつまれたみたい――と、みはるは思った。父さんとも母さんとも別れてひとりぼっちになったうえ、こんなところに運びこまれて、三重にも四重にも不安だった気もちが、いまの五、六分ですっかり消えていた。

看護婦《かんごふ》さんがもどってきて、紙きれをさしだした。そこにはみはるにも分《わか》る文字で「二、三日、病院」と書いてあった。それで、もう二、三日ここにいなければならないんだと分った。

（よかったァ。二、三日やもン）

みはるは安心のためいきをつくと、そのままことんと眠《ねむ》ってしまった……。

3

みはるが目をさますと、目の前にチョーさんがいてくれた。小さな椅子《いす》に腰《こし》をおろして、みはるのことを心配そうに見ていてくれた。うれしいようで、ちょっと恥《はずか》しいような気もちもまじって、みはるはそっとふとんをかぶった。チョーさんが明るい笑声《わらいごえ》をたてた。そして、

—ミハルさん。

いい声で呼《よ》びかけたので、ふとんから顔を出さないでいられなかった。チョーさんは、腰をうかし、片手《かたて》をひょいとあげると、

—請等陣。

と言った。（ちょっと待ってね）ということやろな……と、みはるは思った。チョーさんは目の動きやちょっとしたしぐさで、言葉をつうじさせてくれるのだ。チョーさんは部屋から出ると、すぐにもどってきた。後手《うしろで》に何かもっている。椅子に坐《すわ》ると、それをさしだした。

白いラベルをはった赤い小瓶《こびん》で、きれいな赤い布《ぬの》を帽子《ぼうし》みたいにかぶせて金《きん》の紐《ひも》でくくってある。

—北京蜂王精。

チョーさんはそう言ってから、唇《くちびる》をとがらせ、蜂《はち》の羽音《はおと》をまねた。指を二本すばやく動かして蜂の飛ぶところをやってみせた。片方《かたほう》の手が花になり、蜂がそこにとまって蜜《みつ》を吸《す》うところだと、みはるにも分《わか》るジェスチュアがつづいた。

—ハチミツ。

チョーさんがうなずいた。

—Present.

チョーさんがきれいな英語で言い、みはるは大声で「多謝《トーチエー》」をくり返した。チョーさんはちらと笑い、ちょっと、というふうに片手をひろげると、胸《むね》ポケットから何か取出《とりだ》した。小さくひからびたおかしな生きものだった。

—あ……タツノオトシゴ！

—係《ハイ》。

チョーさんがうなずき、こんどは何と日本語で、

—オナカニヨロシ。

と言った。

—おくすり?

—係《ハイ》。

—多謝《トーチェー》。

それをそっと枕《まくら》の下にしまいながら、みはるは「お返し」のことを考えていた。わたし、いきなりここに連れてこられたんだもん、何ももってないわ……。そこで、はっと思い出して、首の下をさぐった。あった。小さなお守袋《まもりぶくろ》はちゃんとぶらさがっていた。みはるはその口をいそいでおし開くと、中から小さな焼物をつまみ出した。小指の爪《つめ》くらいの大きさの招き猫《まねねこ》だ。初めて京都の鞍馬山《くらまやま》に連れてってもらったとき、門前町《もんぜんまち》のお店で見つけ、自分のおこづかいで買ったものだ。みはるはそれをてのひらの上に坐《すわ》らせて、チョーさんにさしだした。

—ほんまにうれしかったもん、これ、おれいですねん。ほんまに、おおきにィ……。

チョーさんは、その小さな招き猫をじっと見つめ、大事にそっとつまみあげて、目を見開いてようく見てくれた。それから、

—アリガト。

とまた日本語で言うと、招き猫をそおっと胸《むね》ポケットにしまった。それから自分が招き猫のかっこうをまねて椅子《いす》の上に坐ってみせた。目をまん丸にして、口のまわりにしわをつくってひげにしている。左手をちょいとあげておいでおいでをした。それがあんまり招

き猫にそっくりなので、みはるは大声をあげて笑ってしまった。

—笑門来福。

チョーさんが言い、部屋の誰《だれ》もがそんなチョーさんに拍手《はくしゅ》した。まるでスターのおどけた名演技《めいえんぎ》をほめてるような音がこもった拍手みたい……と、みはるは思った。

チョーさんは椅子《いす》からとびおりると、そんなみんなにむかって早口で何か言った。すると、こんどは盛大《せいだい》な拍手がおこった。つられて拍手しながら、みはるはいまチョーさんが何を言ったのか、とても知りたかった。みんなの拍手に送られるようにして、チョーさんは部屋から出ていった。

(あの招《まね》き猫《ねこ》のかわりに、今日からは枕《まくら》の下のあのタツノオトシゴがわたしのお守《まもり》なんよ……)

自分に言い聞かせるようにみはるはそう思い、そっと枕に頭をのせた。タツノオトシゴのおかげか、体のぐあいがすっかりもどったせいか、みはるはまたいつのまにかうとうとしていた。

＊

こんど目がさめると、目の前に父さん母さんの心配顔が並《なら》んでいた。みはるが目をさますのを待ちかねたように母さんが何か言おうとするのを、父さんがおさえた。

—とにかく、無事《ぶじ》でよかった。また会えてよかった。

父さんはそれだけ言い、母さんの目に涙《なみだ》がふくらんでこぼれおちた。

みはるがチョーさんのことを話せたのは、帰りの飛行機の中でだった。

—へええ、そんな親切なおにいさんもいてくれはったん。有難《ありがた》い方《かた》やねェ。

と、母さんは目を丸くして言い、ものすごく男前やった——とみはるが言うと、ちょっと口惜《くや》しそうな目になった。だからみはるはタツノオトシゴのことは黙《だま》っていて、蜂蜜《はちみつ》の瓶《びん》だけ見せてあげた。

—戎《えべッ》さんのお守《まもり》のおかげかもな。

父さんがめずらしくそんなことを言ったのは、みはるがさっきからどうしようかと、お守袋《まもりぶくろ》の紐《ひも》をいじくっているのを見たからにちがいなかった。父さんは新聞にもどり、

—ほう、えらい役者がおるもんやなあ。

とつぶやいた。

—肝炎《かんえん》で病院に入ってたンが、退院《たいいん》しただけでニュースになっとる。

—だあれ？

母さんが訊《き》いた。ほら、この人や……と父さんが新聞を見せた。あのチョーさんが、小さな写真の中で笑っていた。

—この人やのン、チョーさんって。

みはるがはずんだ声で言ったのに、父さんは、

―人ちがいやろ、この人やったら周《しゅう》さんやで。ほら、周潤発《しゅうじゅんはつ》と書いてあるやン。

と言った。

―香港《ホンコン》映画の大スターやとォ。そんな人が大部屋に入ったお前をお見舞《みま》いしてくれはるわけがないやろに……。

――……。

みはるは黙《だま》りこんだ。そやかてたしかにこの笑顔《えがお》やったもん。みはるの胸《むね》の中で、周《チョウ》さんが招《まね》き猫《ねこ》の顔になっておどけてみせてくれた。

(あれはもう周潤発的猫《チョーさんのネコ》になったんや。元気でチョーさんをお守《まも》りしてあげてや)

みはるは口の中でそうつぶやくと窓《まど》の外に目をやった。香港の街が地図と同じかたちで小さく小さくなって遠ざかっていった。

どしゃぶりねこ

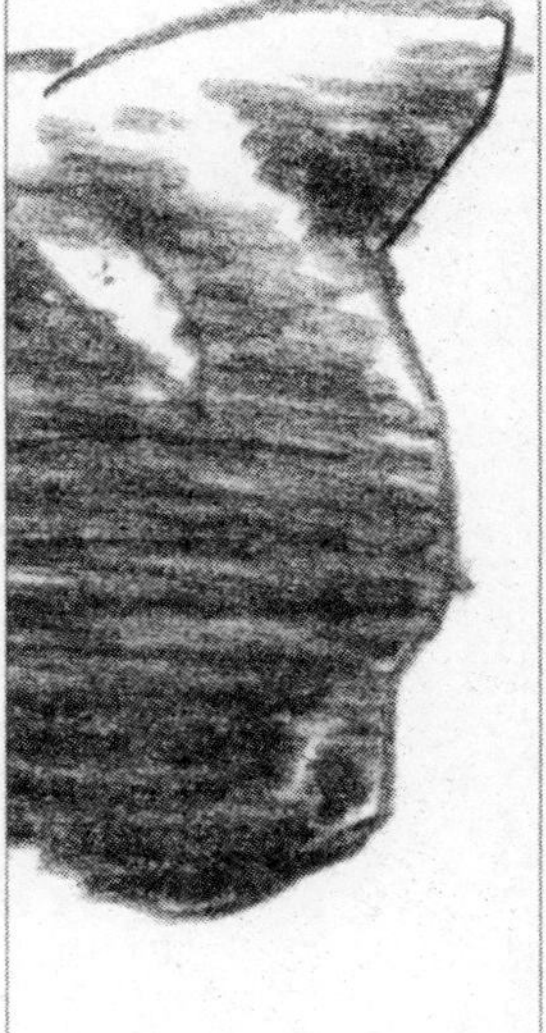

1

ノートル・ダムのやつを見ていると、まちがっても、ねこがきれいずきだなどとは思えなくなってしまう。なにしろ、どろんこがすきなのだ。それも、どしゃぶりのあとのどろんこがお気にいりで、雨がふりだすと、いそいそと窓《まど》のところへやってきて、空を見上げる。耳をぴんとたて、ひげをつんとはった真剣《しんけん》そのもののノートル・ダムの顔は、かさの売上《うりあ》げと雨のふりぐあいをうらなっているかさやさんそのものだ。

そして雨足《あまあし》がはげしくなると、ひげをびりびりふるわせ、窓ガラスに前足をかけ、首をかしげて目をほそめる。わくわくするなあもう……といったようすなのである。

わが家の中庭は、それこそ、ねこのひたいほどしかないものだから、雨がいっときにはげしくふると、すぐに水つきになってしまう。つまり、どろんこの庭になってしまうのだ。せっかく根づきはじめた草花なんかも、たちまちぐんなりして、おぼれそうになってしまう。こちらはうんざりして、またか……とためいきついているのに、ノートル・ダムときたら、こおどりせんばかりになり、前足をいそがしくうごかして、窓《まど》ガラスをタムタムタムと打ちはじめる。あけてくれ、だしてくれ……と、せがんでいるのだ。

そこでうっかりあけてやろうものなら、ピストルのたまよりはやくとびだしていって、そのままどろんこの中をころげまわるのだから、たまったものではない。

むろん、初めてのときは知らなかった。雨ふりなのに外へでたがるなんて、かわったねこだと、うっかりあけてしまった。と、ピストルのたまだ。あとは、どろんこの中をころげまわるのだから、たまげてしまった。ノートル・ダムの目はきれいな灰青色《かいせいしょく》なのだが、日のあたりぐあいで、その目がまるでステンドグラスみたいにかがやいて見えるし、子ねこのときから、なにやら堂々としていたので、そんないい名をつけてやったものだ。それなのに、なんてありさまだ。雨の日のノートル・ダム寺院はよろしかろうが、どろんこのノートル・ダム寺院なんて、見られたものではない。

ほんとに、ころげまわるだけころげまわったあとのノートル・ダムときたら、見られたものではなかった。すぐに風呂場《ふろば》へいって、熱いシャワーをつかわせ、とっときのタオルでふいてやるしかなかった。

それにこりて、雨がはげしい日は、ノートル・ダムを部屋にとじこめた。すると、なんと、体ごと窓《まど》ガラスにぶちあたり、ガラス一枚《まい》をたたきやぶって、とびだしていったのだから、もいちどたまげてしまった。雨のはげしくふるたびに窓ガラス一枚こわされてはたまらないし、だいいち、ノートル・ダムがけがでもしたらことだ。それで、ノートル・ダムのどろんこ祭り（うちの娘《むすめ》は、そんなときのノートル・ダムのようすをそう呼《よ》んだ）は、あきらめるほかなくなった。ノートル・ダム専用《せんよう》のタオルも用意するしかなかった。つゆどきなど何日もつづくことがあり、こちらはつくづくまいるのだが、それをおこれないわけがあった。いったいどうしてノートル・ダムが、そんなにどしゃぶりをよろこぶのかと考えていって、はたと気づいたことがあって、そのときからだ。

＊

ノートル・ダムは、すてねこだった。

うちのつれあいが市場《マーケット》への行きに、初めてその声をきいたのだったが、やつは、すてられた子どもがさの下にうずくまっていた。つれあいがとおりかかると、ニイ……と一声《ひとこえ》だけ、よくとおる声でないた。ふりむくと、かさの下に子ねこがいた。見上げるようすが、いかにもおちついていたので、すてねことは思えなかった。帰りもおなじようすでうずくまっていて、また、ニイ……とだけないた。

あくる日もおなじこと。そのあくる日もおなじこと。ただ、声が、一日ごとに力なくなっていったし、顔もやつれが目に見えてわかった。それでもひろわなかったのは、すてねこらしいみじめさがなかったからだった。四日目、とおりかかっても声がしなかったので、もういないのかと思った。それでも気になって、ふりむくと、かさがおどっていた。こわれたかさの柄《え》をおすようにして、ついてきたのだという。思わずたちどまるのと、大粒《おおつぶ》の雨がどやどやとふってきたのがいっしょだった。だきあげてかけだすと、しっかり、ぴったりしがみついてふるえていた。よほど心ぼそかったのだ。雨がふたりをびしょぬれにした。帰って、ふいてやると、ほっこりした毛並《けな》みのねこだった。ねこは雨をながいこと見ていたという。どしゃぶりになったからひろってもらえた。そのことがノートル・ダムをどしゃぶりずきにしたらしかった。

2

どしゃぶりねこノートル・ダムも恋《こい》をした。どしゃぶりねこノートル・ダムも母親になった。ノートル・ダムの子どもは母親ににていた。毛並みもにていたが、気だてもにていたし、このみもそっくりだった。

そろって、どしゃぶりがすきだった。

雨足《あまあし》がはげしくなると、よろこんで窓《まど》ガラスをたたくのだ。タムタムタムタムタム……五ひきものねこがいっせいにたたくのを見たお客は、たいてい目を丸くする。そしてまた、たいてい、おかしなことを教えこんだものだな、おい……といった目つきになって、こちらをふりかえる。答えるかわりに、こちらは窓をあけてやる。五発のピストルのたまがとびだす。五ひきのどろんこ祭りがはじまる。あとは五枚《まい》の専用《せんよう》タオル……というわけだ。

どしゃぶりねこノートル・ダムと、この子どもたちのこのみは、友だちのあいだに知れわたっているから、もらい手はなかった。四ひきの子ねこのうち、二ひきが女の子だったから、それがそれぞれ恋《こい》をして、それぞれ子づれになって、それがまたそろって母親ににている――となると、ことだ……と友だちはそろって言ってくれた。言われなくても、わかっている。こちらが心配したのは、ねこのことではなくて、そうなると、ねこのどろんこ祭りの場所がせますぎはしないかということなのだ。

つれあいもおなじ気もちだった。まちがっても、ノートル・ダムがすてられたときのような「かさのダンス《アンブレラ》」はさせたくなかった。むろん、いくらふえてもかうつもりだし、いくらでもどろんこ祭りをさせてやるつもりでいた。

しかし、1＋2＋（2×X）ともなると、まずは一〇ぴきものねこが、どしゃぶりの中でいっせいにおどることになる。そこで思いきって裏《うら》の部屋（ピアノをおいてあるところで、そこで近くの子どもたちにピアノを教えて、わたしたちはやっとたべていた）をこわすことにした。

（ねこのために部屋をこわすなんて……）

友だちはそろってそんな目つきになって、わたしたちの計画にあきれたが、わたしたちはやってのけた。ピアノをうつし、部屋をこわし、土をならして、れんじゅうのおどり場づくりに精《せい》だした。

そのとちゅうでおかしなものを見つけた。かたくて大きな鉄片《てっぺん》のさきっちょ。

（まさか……）

と思いながら、ていねいにていねいに掘《ほ》っていった。鉄片には、つづきがあった。丸い大きな筒《つつ》のかたちの胴体《どうたい》！

ひや汗《あせ》をぬぐいながら一一〇番した。

まちがいなし。そいつは、あのいくさのときにのめりこんだ「不発弾《ふはつだん》」だった。それもちょっとした大きさのやつだった。

——一トン爆弾《ばくだん》だな。一町四方《ちょうしほう》がふっとぶな。

はこびにやってきた自衛隊《じえいたい》の一佐《いっさ》がつぶやいた。そんなことになれば、わたしたちは、空中ではでにおどらなければならない……。

＊

どしゃぶりねこ一家のためのおどり場はできあがった。窓《まど》ガラスも、一〇ぴきがいっせいにたたいても大丈夫《だいじょうぶ》な厚手《あつで》のものにとりかえた。なにしろ、もしかしたら空中ダンスをやることになりかねなかったところを、れんじゅうのおかげでたすけてもらったのだ。すこしぐらいのものいりはあたりまえだ。

ところが、いざできあがり（そのころは、思ったとおり、二ひきのどしゃぶりっ子は、ちゃんと母親になっていて、一〇ぴきの大家族になっていた）――さて一〇ぴきのどしゃぶりおどりを見ようというのに、雨がちっともふってくれないのだ。

こちらも、どしゃぶり一家も、こまった顔で空を見上げるばかり――そして、こちらの仕事である作曲のほうも、からからにかわいてしまって、すすまないのだった。ねことおなじ気分で、こちらもピアノの前でぼんやりしていた。何日も何週間も、そうしていた。そして夏のある夕暮《ゆうぐ》れどき――いきなり、雨がはげしくふりだした。窓ガラスのタムタムタムタム……がはじまった。とんでいって窓をあける。一〇発の弾丸《だんがん》、一〇ぴきのどしゃぶりおどり、どろんこ祭りがはじまった。

ころがる。はねる。はじける。おちる。ながれる。むすぼれる……。どしゃぶりねこたちのふしぎなおどりをながめているうちに、わたしの指がうごきだし、ピアノのキイの上をころがる。はねる。おどる。――音がはじけ、ひろがり、うたい、とぎれ、破裂《はれつ》した。

わたしの中でどしゃぶりねこがうたいはじめたのだった。それも、一〇ぴきもの……。

セーターのあな

たべものにすききらいがあるのは、にんげんだけではありません。ネズミがだいすきだというネコのなかにも、うどんがすきなの、ドロップがすきなの、つけものがすきというのだっています。けれど、たっちゃんとこのドジくんは、もうすこしかわっていました。もらってきたときから、ドジは、ミルクにもかつおぶしにも目をくれませんでした。まっすぐに、へやのかたすみにぬぎすててあった、たっちゃんのセーターの上にゆき、その上にちょんとのっかってじっとしているのです。

—こいつ、よっぽどさむがりやだな。

—あら、白いからだがブルーのセーターに、よくにあうじゃない。おしゃれさんねえ。

にいさんとねえさんは、そういってわらいました。それきり、ドジのことはわすれていました。それきり、ドジのことはわすれていたのですが——ゆうがた、たっちゃんがセーターをきてみると、おへそのところに、目玉やきのきみほどのあながあいていました。

——おやあ、いつのまにやぶいたのかなあ。

たっちゃんは、首をかしげながら、かあさんのところへもってゆきました。すると、ねえさんが、べそをかいているのです。手にはやはり、このあいだ買ったばかりのセーターをもっています。そしてそれにも、おなじようなあながあいているではありませんか。

それがみんなドジのしわざだとわかったのは、それから三日目のことでした。

たっちゃんのくつしたをあんでいたかあさんが、ちょっと立ったすきに、ドジが毛糸の玉にかぶりついたのです。大きいものですから、パクリとやるわけにはいきませんでした。あかちゃんがそばをたべるように、つるつるとたべていたのです。

——まあああ！

かあさんは、あいた口が、しばらくふさがらずにいました。そのあいだにもドジは、すばらしいはやさでたべつづけ、かあさんが玉をとりあげたときには、三分の一くらいになっていました。

それでも、こころやさしいかあさんは、ドジがよほどおなかをすかせているとかんがえたのでしょう。たっちゃんだってたべきれないほどのごちそうを、こしらえてやりました。

けれど、だめ。ごちそうなんかに目もくれず、毛糸をさがしてあるきまわるのです。かあさんは、みんなのセーターがしまってあるおしいれの戸をぴたりとしめ、こわいものでもみるようにドジをみつめました。それから、おもいきってドジをつまみあげると、そとへしめだしてしまいました。

それきりドジは、かえってきませんでした。

＊

ところが、それからひとつきばかりたったある日のこと。しんぶんをみていたとうさんが、かあさんをよびました。

―おいおい、この〝にじいろのネコ〟というのは、ドジににていないかね。

そういえば、テレビのあんないについているしゃしんのネコの、ひげのはりぐあい、しっぽのまがりぐあいは、ドジににています。

―でも、ドジは白ネコだったわ。

その夜、テレビのまえにあつまった家族は、テレビのショーにでたネコをみて、いっせいに、あっ、ドジだ、とさけびました。テレビのネコは、いそいそと毛糸をたべていたのです！

それがカラー放送だったことはいうまでもありませんが、たっちゃんとこのはカラーテレビではありません。アナウンサーが、

—ほんとにきれいですねえ。

というのをきいて、いろのぐあいをおもいうかべるほかはありませんでした。かいぬしの男は、にっこりわらって、

—すてネコをひろったのでしたが、毛糸しかたべないんですよ。それで、はっとおもって、おしまずに毛糸だけやっていたら、ほれ、このとおり。すてた人は、きっと毛糸がおしかったのでしょうけどねえ。

—まあ、しつれいねえ!

ねえさんが、つんとしていいました。

—それで、こんなショーには、なんどくらいでられました?

と、アナウンサー。

—さあ、これでもう十回くらいですかね。

—そのうち、モスクワかニューヨークのサーカスあたりから、買いにくるかもしれませんね。

男はもっとにこにこしました。みていたねえさんたちは、ほうっとためいきをつきましたが、たっちゃんは、

—だけど、毛糸ばかりじゃ、かわいそうじゃないか。

と、口をとがらせました。

—テレビにおこってもだめよ。
ねえさんがわらいました。
—ぼく、手紙をかいて、いってやる。

＊

手紙をだしたのは、たっちゃんだけではありませんでした。けれど男は、ホッホとわらってあいてにしません。そして、せっせと毛糸をやりつづけました。ドジは、いつもいそいそとたべるのでしたが、そのうち、なんだか、からだがふわふわしてきました。むりもありません。毎日毎日、毛糸ばかりたべているのですからね。——

男はまだ気づいていないようです。けれど、このぶんだと、あといくらもしないうちに、目がふたつに、おひげのしょんぼりはえた毛糸の玉が、できあがるにちがいありません。いくらすきだといっても、ほどほどにしないと、とんだことになるのは、ドジばかりではありません。とくにたべものには、ごようじん。うそだとおもうのなら、こんどドジがでるとき、テレビをみてください。きっと、ふわふわの毛糸の玉みたいになっているでしょうからね。といっても、そうなればもう、テレビには、だしてくれないかもしれませんが……。

その名《な》はマタタビ

1

マタタビは太郎《たろう》が飼《か》っていたネコの名前で、ほんとにかわいいやつだった。毛のいろこそ灰《はい》いろと、ちょっとさえないが、鼻のまわりがハートがたに白くて、おどけた顔に見えた。おおみそかの晩《ばん》に、箱に入れられ、裏《うら》にすてられていた。太郎ができるお手伝いというので、家のまわりをそうじしていて見つけたものだった。

だれにそんなめにあわされたのか知らないが、マタタビはぐちひとつこぼさないネコだった。太郎が箱をひろいあげ、その重さに気づいて何かな……とふってみて、生きものらしいとわかった。きみわるくて一度は投げだしたが、マタタビはそれでも鳴かなかった。がまんづよいやつだった。太郎がおそるおそるふたをあけると、小さな顔をそっとのぞかせて、ニイ……とあいさつした。

おどけて見える顔のせいか、かわいそーという気がおきなかった。

―のんきなやつやなあ。もっと早いとこ鳴いたら、もっと早いとこだしたってたのに。

太郎は、ついことばをかけてしまった。

―ニニニニイ……。

ごめんなさい――とでもいうように、マタタビは鳴いた。

―あやまらんでもええ。おまえのせいとちがうやないか。

太郎はまた、ついつい話しかけてしまった。ふつうなら、このいそがしいときにネコなんかにかまってられないと思うところだが、太郎はそんなふうには考えない子だった。あすから正月やというのに、こんな箱の中ですごす気ィか……それはないやンか……と思ったのだ。

そこで太郎は父さんのところへもっていった。父さんは、じぶんのわりあてだったしょうじはりをちゃんとすませて、コーヒー豆をひいていた。太郎は箱に入ったマタタビをもって父さんの前に立ち、

―正月から箱の中でくらすやなんて、父さんはいやでしょ。

と、きりだした。
―そら、そうや。
―だれかがそんなめにおうてはったら、父さんなら、どないする？
―箱からだして、もっといごこちのええとこへうつしたげる。正月やもんな。
―ありがと。そういうてくれると思てた。
太郎はさきにお礼をいってからマタタビをとりだした。
―なんや、それ？
―ネコや。
太郎はすまして答えると、マタタビを日あたりのよい縁《えん》さきにおいてやった。
―どや、そこは箱の中よりいごこちがええか？
―ニイ。
マタタビはちゃんと返事して目をほそめた。
―その気になってるわ。
―どういうことや。
―家《うち》でくらす気や。なにしろ正月やもんな。
太郎は正月を強調した。
―ま、おとしだまと思とこか。

と、父さんはいってくれ、マタタビという名をつけてくれた。マタタビはネコの大好物やさかい、この名前も好物にきまってる——と父さんはかってにきめ、太郎はもんくをいうのをやめた。とにかく、飼《か》ってもらえたのだ。

マタタビは縁《えん》さきにすわったまま、うとうといねむりをはじめた。そこへ、台所仕事をひと休みにした母さんがやってきた。

—なあに、これ？

—マタタビ。

—うそ。ネコでしょ。

—ん。マタタビいう名前のネコや。

—だれがつけたの、そんなおかしな名前。

父さんはじぶんを指さし、母さんは、やっぱり、父さんじゃないと、そんなおかしなこと思いつかないもンね、ふふふ……と、笑って台所へもどっていった。そしてけずりぶしをもってきてくれた。

そんなわけで、マタタビは家族のひとりになった。そして四人でけっこうなかよくくらしはじめた。

それが、太郎の四年生のときのことだ。

そして、一年と少したった今、マタタビは、目の前からいなくなった。母さんが前からもうしこんでいた公団住宅《こうだんじゅうたく》にあたったのでひっこすことになった。父さんのおつとめにずっとずっと便利だかららしい。けれど、そこではネコもイヌも飼《か》えないのだった。

ひっこしやさんがきて、家《うち》じゅうのものを箱につめはじめた。なわをかけはじめた。くるみはじめた。はこびだしはじめた。そして、気がつくと、マタタビはいなくなっていたのだ……。

2

公団住宅は、街のまんなかにあった。学校もすぐ近くにあった。太郎はその学校の五年生の一人になった。転校生だったから、太郎には友だちがいなかった。先生は、

—太郎くんとなかよくしてあげなさーい。

といってくれたが、となりにすわった女の子は口もきいてくれなかった。太郎が前に住んでいた町の名をいうと、左どなりの男の子も、

—ふーん、いなかやなあ。

といったきり、口をきいてくれなかった。

太郎には教室が大きな箱に見えた。じぶんは箱に入れられて、街のまんなかにすてられたネコのように思えてきた。そして太郎は、いなくなったマタタビのことをとてもなつか

しく思いおこしていた。

―マタタビ……。

太郎は思わず小声でよんでしまった。

となりの女の子が、そんな太郎のことを、ふしぎそうな目で見て、

―今、なんというたン？

と、たずねた。

―べつに。

太郎はそう答えるしかなかった。

女の子はまた、つんとむこうをむいてしまった。

（マタタビ……）

太郎はこんどは胸《むね》のおくでよびかけていた。マタタビのやつは、家《うち》で飼《か》っているあいだじゅういつもひっそりと生きていた。あまったれもせず、ときどき母さんが外にしめだしたままわすれても、じたばたしなかった。それでいて、父さんでも母さんでも太郎でも、ふっとマタタビの顔が見たくなって、

―マタタビィ。

とよびかけると、いつもどこかからふっと足もとによってきた。ふしぎなネコだった。

太郎はもう一度胸のおくでよびかけた。

（マタタビ……）

すると、胸《むね》のおくに灰《はい》いろの小さな花がさいた（ように思った）。花の鼻のあたりに、ハートがたの白いろがひろがった（ように思った）。おどけた顔をしたマタタビが、太郎の胸のおくにかえってきてくれた（ように思った）。

マタタビは胸のおくで太郎のことをながめ、

―ま、元気だしなはれ。

と、声をかけてくれた（ように思った）。

―……ニイ……。

太郎は思わずネコのことばでマタタビに返事していた。

―なにィ……。

こんどは左どなりの男の子が太郎に声をかけた。

―べつに……。

太郎はまたさっきとおんなじ返事をした。男の子は口をゆがめ、

―ふん。けったいなやっちゃな。

というと、またむこうをむいてしまった。

太郎は二度も、友だちをつくるきっかけをなくしてしまった。けれど太郎はなんだか、いつでもマタタビと話せるようになったみたいな気がしたので平気だった。

先生があすからの注意をいろいろ話していた。太郎には、先生のことばが少しずつわからなくなり、なんだかすっかりたいくつしてしまった。太郎はアーンと小さなネコあくびをひとつすると目をとじた。ねむりにおちる前に横を見ると、マタタビがよりそってねむっていた（ように思った）。

太郎はいつのまにかほんとにねむっていた。りょうどなりの子たちが、あきれたようにそんな太郎に、ちらちらと目を走らせた。

短い夢《ゆめ》の中で、太郎はマタタビと話していた。

—どこへいってしもたンや。

—ちょっと、あるところまで。

—かえってきたら、箱の中にかくして飼《こ》うたるがな。

—箱の中はきゅうくつやさかい、けっこうだす。太郎さんも今、そない思てるでしょ。

—そらそうや。

—それよりも、友だちは？

—それが、うまいことといかヘンのや。

—しっかりしなはれ、太郎さん……。

—しっかりしなはれ、太郎さん！

いつのまにか、横に先生が立っていて、太郎のおでこを指でぴんとはじいてそういった。

なにをするんや……と夢《ゆめ》の中でどなったら、ナーオ……という声がでていた。

―ネコのまねしてごまかしてもだめ。

先生は、こわい顔になった。

3

―ごまかしたりなんかしてません！

太郎は、先生にせいいっぱいいきばった声でいいかえしたつもりなのに、のどからでたのは、なんと、

―ナオナオニャオン。

だった。

先生は、太郎のことをまるでばけネコでも見る目になって、まん丸に見開いたまンま、二、三歩とびのいた。

―ふ、ふざけないで！

それでも先生はやっとふみとどまって、かなきり声をあげた。

―ふざけてなんかいません！

太郎は、こんどは半分なさけなくなってどなりかえしたのに、でた声はやはり、

―フォニャオニャン。

でしかなかった。

太郎はあわてて口をおさえ、口のまわりをさぐってみた。声だけではなくて、もしかしたらじぶんがネコになっていて、ひげもはえているのではないかと思ってしまったのだった。つるんとしていたので、ほっとした。ねんのため頭もなでてみた。耳がおっ立っていたりでもしたらどうしようかと思ってのことだった。耳もいつものところに、ちゃんとついていてくれた。

そんな太郎のことを、左どなりの男の子が、きみわるそうに見ながら、

―おまえ、ネコになにかわるさしたんとちがうか。

と、たずねた。太郎は用心して声はださずに、頭をつよく横にふった。いったい、なにがいいたいのだ。

―ほんまか？　おれ、おまえにネコでもついたんかと思たんやけどなあ……。

（ネコがついた？）

そこで太郎は、はっとした。キツネつきだとか、タヌキがつくとかいう話を聞いたことがあったのを思いだしたのだ。それもほかではない。父さんが子どものころ、ばあちゃんのいなかで、キツネつきの女の子を見た話をしてくれた。その子はやたらとものを食べたがるのだそうだ。ごはんでもおひついっぱいも食べるので、おひつを高い棚《たな》にあげておく

のだが、それでも、とどくはずのない棚の上のおひつを、ひょいととって、中のごはんを食べてしまうそうだ。そのくせその子がどんどんやせていくのは、その子にとりついたキツネだけが食べるからだそうだ。父さんが見たという女の子は、とってもやせていて、目がキツネみたいにつりあがっていて、父さんは目をすぐにふせてしまったといった。なんだかゾッとしない話だった。

（ぼくがネコつきだと？）

いったいどんなネコがつくというのだ。知りあいのネコといったら、マタタビしかいない。そりゃたしかに、マタタビはきゅうにすがたを消した。ぼくらの話から、じぶんがこんどひっこす公団住宅《こうだんじゅうたく》では飼《か》ってもらえないと知ってのことらしいが、ぼくは箱の中にかくしてでも飼ってやるつもりでいた。だから、うらまれることはない。それどころか、さっき、ぼくの心の中で話しかけたマタタビは、ぼくに友だちができたかどうかきいてくれ、うまいことといかヘンというと、

―しっかりしなはれ。

と、はげましてくれた。そんなマタタビが、ぼくにつくことはない。

そこまで考えて、太郎は思わず、

―マタタビはそんなネコとちがう！

と、さけんでしまった。

こんどはちゃんとことばになってくれた。太郎はほっとして、心をおちつけると、できるだけしずかな声でくりかえした。

—マタタビは、そんなネコとちがうんや。

—……なんやて？　なんのことや？

左どなりの男の子は、太郎にむきなおった。

—けったいな名前のネコやな。どこのネコやねン？

—ぼくとこのや。

—そんなけったいな名前、だれがつけたンや。

—父さんや。

—おもろい父さんらしいな。

そこで男の子は思わず顔をほころばせた。太郎もやっと笑いかえすことができた。そして知りあいのネコはマタタビしかいないし、マタタビがじぶんにとりつくわけがないことを説明することができた。

—あいたいなあ。

男の子はマタタビにあいたがってくれたので、太郎はすっかりうれしくなり、ン……とうなずいてしまった。ほんとは、となりの席の子とやっと口がきけてうれしいということもあったのだった。

—はーい、そこまでよ。

がまんづよくだまってふたりのやりとりを聞いていた先生が、声をかけた。

—つづきは放課後にすること。

—わかりましたア。

太郎と男の子は声をそろえた。授業《じゅぎょう》がまたはじまるとまもなしに、男の子が小さな紙きれをわたしてくれた。開いて見ると、「おれの名は木田桃太郎《きだももたろう》、笑うなよ。よろしく」と書いてあった。太郎は思わず笑ってしまったが、そのあとドキンとした。桃太郎くんとはマタタビのおかげで友だちになれそうなのだが、かんじんのマタタビはいないのだ。マタタビがいないのでは、こんどはぼくはウソツキにされてしまうではないか。

太郎は頭をかかえた。さっきは、とろとろした中でマタタビと話した（ように思った）ので、うっかり今でも家にいるような気もちになってしまったのだ。

太郎はじぶんのうっかりさかげんにいやけがさした。これじゃせっかく友だちになれそうな桃太郎くんをおこらせてしまうではないか。なにが「しっかりしなはれ」や。太郎は心の中で思わず、

（どないしてくれるンや、マタタビ）

と、よびかけていた。

すると胸《むね》のおくに、小さな灰《はい》いろの花がさいて、

（しんぱいしなはんな……）

と、マタタビがささやくのが聞こえた（ように思った）。

＊

思ったとおり、桃太郎くんは、きょうにでもマタタビにあいたいから、太郎ンちへあそびにいってもよいかときいてきた。太郎が、もじもじしていると、なんと、右どなりの女の子も、マタタビなんておっかしなの、わたしもあってみたーい、いっしょにいってもいい？　ときいてきた。右と左からふたりに見つめられると、もういやとはいえなかった。

太郎は桃太郎くんとならんで校門をでた。うしろからついてきながら女の子は、

—井上《いのうえ》ミホといいます。きょうはツンケンしてごめんください。

と、おしとやかにあいさつした。はい、こちらこそどうも……と、背中《せなか》ごしにあいさつをかえしながら、太郎の胸《むね》のどきどきは、だんだん大きくなっていった。どうしてすぐに、ほんとのことを話せなかったのか、今になってくやまれてきた。このままだとせっかくできそうなふたりの友だちをうらぎることになる。そしてあしたからはクラスみんなが太郎がうそつきなことを知ってそっぽをむくだろう……。太郎はもうたまらなくなってきた。

（ほんまにもう……）

—……なにが、しっかりしなはれや、マタタビ！

とうとう声にだしていってしまった。しまったと口をおさえてふたりを見たが、ふたりとも太郎がどなったことなど聞こえない顔で、それどころか、きゅうにきょろきょろとあたりを見まわし、

―ね、今ネコの声がしなかった？

―ネコが鳴いたン聞こえたけどなあ？

と、いいだすのだ。

（もしかしたら……）

太郎は、ふと思いあたるところがあって、うしろをふりむいて大声で、

―マタタビ！　でてきてえなあ！

と、さけんでみた。すると、やっぱり太郎の口からでたのは、

―ナナナーオ、ニャニャニャオン。

であった。

―ほら？　鳴いた鳴いた。

桃太郎くんとミホちゃんはいっしょにいった。太郎はこんどは声はださないで目だけで答えるように、ふたりをふりむいた。じぶんもあたりを見まわし、どこどこ？　という顔になった。

どこ――どころではなかった。すぐ横の家のしげみのところから、あのなつかしいマタ

タビが、ついとすがたをあらわして、

——ナーオナーオ。

と、鳴くではないか。マタタビはしばらく見ないあいだにりっぱになっていた。わかれたとき（？）の一倍半くらいもあって、灰《はい》いろの毛なみもつやつやしていた。太郎はすっかりうれしくなって、マタタビ！　マタタビ！　をくりかえした。

マタタビはそんな太郎を見上げると、くるんと前をむき、犬みたいに堂々と、三人を案内するようにしっぽをたてて歩きだした。太郎はますますうれしくなって、ふたりにどうこのマタタビは……という顔になって、マタタビについて歩きだした。ふたりもむろん、ほほうという顔でついてきてくれた。

公団住宅《こうだんじゅうたく》の入口あたりで太郎はやな人とあった。管理人のおばさんだった。おばさんの目は、マタタビにくぎづけになっていた。

4

太郎は、あわててマタタビに知らんぷりをした。あんなでっかいネコなんか知りませんよう……という顔になった。

けれど、管理人のおばさんは目ざとかった。耳ざとかった。さっき太郎が大声でマタタ

ビ！　マタタビ！　と、よんだことをきをつけていた。あいてがあのネコであることも、すぐにけんとうをつけた。マタタビが太郎のことを見上げ、三人を案内するように歩いていたことと思いあわせて、

―ははーん……。

と、大きくうなずいた。太郎は、こんどはおばさんに知らんぷりをして、さっさととおりすぎようとした。

―おまちなさい、ぼうや。

おばさんはネコなで声をだした。

太郎はいきすごそうとした。だってぼく、ぼ、ぼうやでなんかないもン……。もう五年生なんだぞ……。

おばさんは、いいかたをかえた。

―ぼうやでわるけりゃ、きみイ。

太郎はむっとして、ついふりむいてしまった。

―何号棟《とう》の子だい？

―三号棟。

太郎はぶっきらぼうに答えた。

―古いンかい？

—いンや。

—どうりで、見かけない子だと思った。

—それに見かけないネコ……。おンや、ネコのやつ、どこへいったのかね？

—……。

—知らへンわい。

—かくしてもムダだよ。

—かくしたりせえへンわ。

—うまく仕込《しこ》んだもンだ。

おばさんは、にくいことをいった。

—仕込んだりなんかしてないいうたら……。

—公団住宅《こうだんじゆうたく》じゃ、ネコ、イヌは飼《か》えないことは知ってるだろうね。

—ああ。

太郎はうなずくしかなかった。マタタビだって、そのことがわかると、すがたを消したんだ。

—だったら、どうしてネコを飼ってるの？

—飼《こ》うてなんかおらへンいうたら……。

—じゃあ、今さっき、そこにいたのは？

—のらネコやろ。ここいらの……。

太郎はできるだけそっけなくいった。

—見かけない顔だったねエ。

おばさんはどうやら、このあたりののらネコはみんな顔見知りらしかった。

—ちょっとヘンだけど、さっきのネコ、マタタビって名じゃないのかい？　さっき、たしかにきみがマタタビっていってたのを聞いたンだから……。

—ネコにマタタビっていうやないか。ネコを見かけたから、そんな話してたんや、なあ……。

太郎は、桃太郎くんのことをふりむいた。

—そのとおりや。

桃太郎くんは大きなあいづちをうってくれた。ミホちゃんも、おしとやかにうなずくことで、あいづちをうってくれた。おばさんはまだ、そんな三人をうたがわしそうに見ていたが、ここまでそろわれては、それ以上つっこめないと思ったらしく、じゃ、いいとしておくか……とかなんとかぼやきながら、むこうへいってくれた。太郎はそのうしろすがたに思いきり大きなアカンベエをしてやった。そして、ちらと横を見ると、桃太郎くんもミホちゃんも、太郎に負けないくらいみごとなアカンベエをしているではないか。

太郎はすっかりうれしくなってしまった。

太郎が歩きだすと、桃太郎くんはついてきながら、

—おれとこも、団地《だんち》やさかいイヌ飼《か》われへンやろ、おれイヌ大好きやのに……。

と、くやしがった。ミホちゃんもつられたように、わたしもおんなじ。好きなネコ飼われへンよってさびしゅうて……と目をふせた。

つまり、ふたりとも、大人《おとな》がかってにきめたきまりのせいで、大好きなイヌやネコといっしょにくらせないでいる子どもだった。だからさっきのあのおばさんにたいして、力をあわせる気もちになったのだった。

—そやったらあのマタタビ、どないして飼《こ》うてるのン？

桃太郎くんがきいた。ミホちゃんも桃太郎くんとおなじ目つきになった。そんなてがあるンなら教えてちょうだい……という目だった。

—そらそのオ……。

太郎はことばにつまった。さっきのマタタビとは、しばらくぶりの再会《さいかい》であった。いったいどう説明したらよいのだろうか。いいしぶっている太郎の耳に、マタタビのナーオ……が聞こえた。声にひかれるように太郎は歩き、気がつくと、三号棟《とう》の前まできていた。

マタタビのすがたはなかった。

5

太郎はとにかくふたりを家にあげることにした。ふたりが玄関《げんかん》に入ろうとすると、その足もとをすりぬけるようにして、マタタビも家にあがりこんできた。風のようなネコだ、と桃太郎くんもミホちゃんも、あっけにとられた。そんなふたりの前に、マタタビはゆったりとすわりこんだ。ふたりは、また、そんなマタタビに気《け》おされたみたいに、ソファにかしこまってしまった。

—マタタビ、ようきてくれたなあ……。

太郎が、ツナのかんづめをあけたのを山もりにしたやつをさしだしながらいった。

—ナーオ。

マタタビは、いただきますとあいさつして、さっさと食べはじめた。この家のネコであるかのように、おちついておいしそうに食べた。のらのようなガツガツしたところは少しもなかった。マタタビは、太郎の用意したミルクも上品にのみ、毛づくろいをゆっくりしてから、丸くなってねむった。どこからどこまでも、この家のネコであった。

ふたりは、そんなマタタビのことをうらやましそうに見ていた。さっきから太郎が、マタタビとのつきあいのことを正直《しょうじき》に話すのは聞いた。けれど、このマタタビのどこにもそんなようすは見られなかった。ずっとここのネコでいたとしか思えなかった。

マタタビは、ぐっすりとねむっていた。

そのあいだじゅう、三人はいろんなことを話しあった。マタタビが小さくあくびをして、目をさましたときには、三人はもうむかしからのなかよしになりきっていた。

マタタビはそんな三人をゆっくり見まわしてから、大きくのびをした。それから、かえりますぞというふうに、ニャアオ……と鳴いた。つられて太郎が、つい戸をあけてしまうような鳴きかたであった。

あけられた戸口から、マタタビはゆっくりとでていった。そうしながら、ふりかえって、またね……というふうに太郎をちらと見上げた。

—またなあ。

つられてまた太郎がいってしまうような目つきであった。マタタビは、つつつと走った。そして、横のドラムかんにとびのると、ゆっくりとあたりを見まわした。つられて、三人は、マタタビの目をおった。

すると——いるわ、いるわ、いるわ。草むらに、箱の横に、団地《だんち》の建物のかげに——ネコがなんびきもうずくまっているではないか。

ネコたちは、三人のようすをじっとうかがっていた。もしも一人《ひとり》でも、

—おいで！

と声をかけたら、ついとよってきそうな目をしていた。

—わかったア。

太郎がとつぜんうれしそうにさけんだ。

—かよいネコちゅうてがあったンや。マタタビは、その見本になってみせてくれたンや。どっちみち、ネコは家につないどかれへン。好きなとき好きなとこへいきよる生きものやろ。それやったら、飼《か》いかたをかえたらええんや。そしたら団地《だんち》でも飼えるやンか。

—そうかもね……。

ミホちゃんがうれしそうにうなずいてくれた。太郎が、ためしてみたら……と、ミホちゃんにいった。

—おいで、そこのネコちゃん……。

ミホちゃんがやさしくよびかけた。すると、ドラムかんの横の白い子ネコが、つつつ……と、よってきた。

—やったア。

太郎がさけび、ミホちゃんがうれしそうに子ネコをだきあげた。

＊

大阪のどこかに、かよいネコがいっぱいいる公団住宅《こうだんじゅうたく》がある。そこに三人のなかよしがいて、それぞれのかよいネコと、うまくくらしているという。ほかにも、ネコを飼いたい子どもは、三人の「指導《しどう》」で、かよいネコづくりをするんだという。そして、かよいネコのなかまのまんなかに、灰《はい》いろの大きなネコがいつものんびりすわっていて、その名はマタタビ。むろん、太郎くんちのかよいネコである。

ミホちゃんちのかよいネコはモモタロウと名づけられている。桃太郎くんは、ミホちゃんちであそぶとき、てれながら、じぶんの名をつけられたネコに、やさしくよびかける。そうしながら、ネコのモモタロウのことがちょっとうらやましくなる。けれどミホちゃんがモモタロウのことをだいじにしてくれるので、ごきげんであるそうな……。そうなったのもマタタビのおかげかもしれない……。

こぶねこ

ひとり暮《ぐ》らしのころから、世帯《しょたい》をもち、やがて娘《むすめ》が生まれるまで、わたしには、ねこがついていませんでした。五回、家をかわりましたが、大家さんはそろいもそろって、大のねこ嫌《ぎら》いでした。わたしもかみさんも、子どものころには家にねこをたやしたことがなかったもので、ねこを飼《か》えないことは、ちょっとした苦痛《くつう》でした。けれど何とかがまんしました。ねこのかわりに、おたがい長いことつきあっている「相手」がいたから、もっていたのでしょう。

けれど、娘にはそれががまんできませんでした。友だちの家で初めて生きたねこをだかせてもらい、そのあまりのかわいらしさに、ほれこんでしまったらしい。帰ってくるなり、小声で、お願いがあるの……ときりだしました。内気なもので、めったにねだらない子で、こちらは物足りないくらいだったので、何でもきいてやるぞと、ひざをのりだしました。けれど、そいつだけは無理なことでした。

娘《むすめ》はびしょぬれになったねこみたいにしょんぼりしてしまい、夕ごはんもたべずに寝《ね》てしまいました。寝顔《ねがお》まであんまりさびしそうなので、こちらはどうすれば隠《かく》れてでも飼《か》うことができるかと、いろいろ相談しました。アリスにでてくる笑いねこみたいに、いざとなると、にやにや笑いだけ残して消えてしまうようなのでないかぎり、できない相談でした。ふたりとも疲《つか》れはててあきらめて、もう休もうかというとき、娘が澄《す》んだ声で、

―ねーこたん、こっちこっち！

と寝言《ねごと》をいうのが聞こえました。ふたりはまた相談し直すしかありませんでした。そしてかみさんが、とうとうある方法を提案《ていあん》し、何とかそれでやってみることにきめました。子ねこはとびきりのが手に入りました。できたての食パンみたいにまっ白でふかふかのやつ。家までそっと運びこむのは簡単《かんたん》でした。しかし、そいつを人目から隠すのは大事《おおごと》です。その方法が、かみさんの提案なのです。

　ねこをしこむのよ、とかみさんは言うのです。カーテンをかけのぼらせるの。ほら、いつか『独裁者《どくさいしや》』って映画で、ヒトラーみたいなちょびひげ男に扮《ふん》したチャップリンが、カーテンにつかまりよじのぼったでしょ。それで思いついたの。人間でもあれだけ軽々とで

きるんだもの、子ねこなら軽い軽い。

子ねこには〝おい〟という名をつけました。人がきたら、おい――と呼《よ》んでカーテンにかけのぼらせる。白いレースのカーテンにまっ白い子ねこ。ちょっとやそっとでは見つからない――というのが、かみさんの意見でした。それに、おい――では、わたしがかみさんを呼んだみたいだから安心です。

特訓が始まりました。子ねこは動くものに目がありませんから、リボンで始めました。チョウのように見えるのでしょうか。たちまち目を輝《かがや》かせ、ひげをぴんと張《は》りお尻《しり》をもちあげ、しっぽをまわし、お尻をひこひこ動かしてとびつきます。リボンはとびあがり、カーテンにとまります。逃《に》がすものか。〝おい〟もとびつきます。レースのカーテンはつめがかけやすい。〝おい〟は、逃げるリボンのチョウを追ってどんどんかけあがります。すぐにカーテン・レールの終点につきます。こんどはそこにとまらせておかねばなりません。そこでかみさんは、カーテン・レールにしばりつけた柔《やわ》らかなガーゼをてるてる坊主《ぼうず》みたいな形につくり、その頭にたっぷりとミルクをしみこませました。

〝おい〟は鼻がききましたから、すぐにミルク坊主を見つけました。すいつき、かかえこんでしゃぶり始めました。大成功です。

特訓は続けられ、とうとう家のだれでもが、「おい」と呼びかけ、カーテン・レールを指さすだけで、かけあがってミルク坊主をしゃぶるようになりました。何というかしこい子ねこだったことでしょう。娘《むすめ》もわたしたちも大満足でした。しもの始末《しまつ》は押入《おしい》れの砂場《すなば》でさせるようにしつけました。昼間には何度か、カーテンのぼりをしなくてはならないので運動もたりるし、夜はだれかのふとんに入ってのびのび休めるし――で、〃おい〃は外へ出ることなど考えもしないようでした。〃おい〃は、このかくれんぼがお気に入りのようで、そのうちわたしたちのだれかが帰ってきたと分かっていても、面白半分《おもしろはんぶん》にカーテンにかけあがるようになりました。

そんな〃おい〃のことが自慢《じまん》でしたが、だれにも言えません。とぶようにカーテンをかけあがる〃おい〃のかわいさに娘はシンデレラもどきにトンデレラと呼《よ》びたがりましたが、もしものときを案じて、それもできませんでした。けれど、ねこを飼《か》ったことで、わたしたちはとにかくごきげんでした。ごきげんのあまり、子ねこがいつか子ねこでなくなることを忘《わす》れていました。

それは春のある宵《よい》に、突然《とつぜん》やってきました。窓《まど》の外からの優《やさ》しい呼び声に、〃おい〃は雷《かみなり》に打たれたように立ちすくみ、カーテンにかけあがりかけおり、またかけあがりかけおりたとき、ガラスのすぐむこうにべつのねこを見つけたのでした。

わたしが「おい」と呼びかけたとたん、〃おい〃はカーテンをかけのぼり、いつのまに見つけておいたのか、煙突穴《えんとつあな》のすきまにもぐりこみ、身をよじらせて通り抜《ぬ》け、外へとびだしました。ほんとにとんでいました。とんでいる〃おい〃が見えました。

そしてそれきり、〝おい〟は帰ってこず、それきりわたしたちも、ねこを飼《か》っていません。

フルートと子ねこちゃん

夕暮れにはじまる――はじまり

林の枯葉《かれは》を金色にそめていた夕焼けのおしまいの光が消えると――それをまっていたように、林にむかって、二つの声がよびかけます。

さいしょは、まだ若《わか》い女の人の声が、

―モモタロオオ……。

そして、つぎは女の子のすんだ声で、

―ウラシマアア……。

するとまた、その声をまっていたみたいに、黒い大きなかげと小さなかげが、林の中からとびだしていって、声のした家に走りこんでいくのです。

すると、近所の人は、

（ははあ、六時十分だなあ……）

と、うなずきます。

それほど、二つの声は毎日きまった時刻《じこく》によぶのでした。雨の日でもかわりません。雪の日もおなじです。

さいしょは、

―モモタロオオオ……。

つぎが、

―ウラシマアアア……。

そして、大きなかげと小さなかげが、林の中をとびはねて、家のほうへ……。

ですから、近所の人も、その二つのかげのことを、ずっと、二ひきの犬だと思いこんでいました。二ひきとも無口な犬らしく、ほとんど鳴くことはありませんでしたし、ほんのときたま、太いいい声が、

―ウワン……。

と、つぶやくのをきくくらいでしたから、むりもありません。

そして、モモタロウにウラシマというのですから、一ぴきは、まるまるふとった子犬、もう一ぴきを、白いおひげのとしより犬だろう……と思っていたのもまた、むりのないことでした。

＊

声の主《ぬし》たち一家が、その林の家へひっこしてきたのは、お正月のことでした。

お正月のぬくもりの中にいた近所の人は、正月早々にひっこすなんて、かわった一家だなあ……と思ったくらいで、その一家のことも、ましてや、そこに飼《か》われている犬のことも、あまり気にもかけずにすぎました。

はじめて、

―モモタロオオ……。

―ウラシマアア……。

をきいたときは、おやあ、と思い、それが、犬をよぶ声らしいとわかったときは、みんなきまって、ふふふふ……と、わらってしまいました。

けれど、すぐにその声にもなれてしまうと、気にもとめなくなりました。そして、お正月がおわったころには、その声を夕方の時報《じほう》がわりくらいにきくようになっていました……。

＊

ところがある日、林の前の道をつきあたったところに住む中田《なかた》さんの奥《おく》さんは、ウラシマタロウに出会って、二重におどろいてしまいました。

だって――いや、みなさんにも、とにかくウラシマタロウに会っていただきましょう……。

1　ウラシマとモモタロウ

―まあ、道のまん中で寝《ね》そべったりして、のんきなねこちゃん。

中田さんの奥さんは、思わず大きな声でひとりごとをいってしまって、あわてて口をおさえ、あとは口の中でつぶやくだけにしました。

―……それにしても、見かけないねこ。どこのかしら……。

ひるさがりののんびりした気もちがそうさせたのか、中田さんの奥さんは、かがみこんで、その見かけぬねこの人相をたしかめ、ついでに頭をなでようとしました。そのとたん、

―うにゃおん！

ねこは、はじかれたようにとびおきて、ほえたのです。今度《こんど》は、中田さんの奥さんがとびあがるばんでした。

—あらやだ、ほえたわ。

奥《おく》さんは後じさりしながら声を大きくしました。それから両手をふりかざして、ねこをおどしてやりました。

ところが、ねこのやつは平気で、背《せ》をまるめ、毛をさかだててもう一度、そんな奥さんに、

—うにゃおん！

と、ほえたのです。

—き、きみわるいわ。だれか——だれかああ……。

奥さんの声は、高らかなソプラノにかわりました。

すると、すぐ道の横の家のまどがあいて、きいたことのある声が、

—およし。ウラシマったら、また！

するどくいって、まどから白い顔がのぞき、かるくえしゃくしました。

—ウラシマ？　このねこが、あの……。

奥さんは、いまのいまソプラノでうたったこともわすれたみたいに、きょとんとなってつぶやき、目はたちまち、知りたがりやさんの光にかがやきました。知りたがりやの気もちがこわさに勝ったのです。

奥さんはウラシマのことをもっとききたくて、白い顔の女の人がでてくるのをまつこと

にしました。けれど、家の中からは、だれもでてくるようすがありません。そして、ふと気がつくと、足もとにせまっていたあのねこも消えていました。しずかなひるさがりの冬の日ざしが、やわらかに道をてらしているばかり……。

中田さんの奥《おく》さんは、きつねにつままれたみたいに、ぼんやり立ちつくしていました。ねこがほえるはずがないし、もしかしたらさっきのできごとは、まっぴるまにみたゆめ――のような気がしたほど、あたりはしずまりかえっているのです。

奥さんは、こめかみのあたりをちょいとおさえ、ぼんやり歩きだしました。それでもやはり気になったので、ねんのために、ひょいとふりむいてみると――さっきのところに、さっきとおなじかっこうで、のんびりとねこが寝《ね》そべっているではありませんか。白に黒と茶の三色の毛なみもおなじです。奥さんは思わず、

―ウラシマ……ちゃん。

ちゃんづけで、よんでしまいました。

すると、ねこはものぐさそうにゆっくりふりむくと、それでもはっきり、にゃああん……と、今度《こんど》はまともに、ねこらしい声をだしました。

（ま、へんじしたわ。だったら、やっぱりウラシマ。あの夕方のウラシマアアっていうのは、ねこのことだったのね……）

奥さんは、ジャングルでクラゲでも見つけたみたいに、胸《むね》はずませてこの〝発見〟をた

しかめました。

—ウラシマちゃん。

—にゃあああん。

そのとき、林のはしっこに、小さな人かげがあらわれたかと思うと、かたことかたこと、はずんだ音をたてながら、こちらへ走ってきました。

見ると、これもまたあんまり見かけない女の子です。ふかふかの栗色《くりいろ》のセーターを着こみ、けんめいにかけてきます。

そして、そのすぐうしろから女の子によりそうように走ってくるのは、大きな茶色の犬でした。犬は、すぐに女の子においつき、おいこして、ふわんとすわりこみ、女の子をまつようすです。女の子は、まだこない。そこで犬は、首をまわして奥《おく》さんに気づきました。奥さんは今度《こんど》こそウラシマの頭をなでようと、かがみこんだところでした。犬は、ひとっとびでそんな奥さんの足もとにきていました。

立てば、奥さんの肩《かた》まであろうかというほど大きな犬でした。奥さんは、今度も後じさりしました。でも、ねこは平気です。それどころか、犬にむかって、にゃあ……と、あまえた声をだしました。すると犬は、奥さんの前にきちんとすわりなおすと、いかにもうれしそうに前足を片《かた》っぽつきだしました。そのようすはまるで、（はじめまして、どうも……）と、声がわりしたばかりの低音であいさつする男の子みたいに見えました。

でも、うっかりあくしゅすると、その重さでこちらがつんのめりそうです。奥《おく》さんはまた一歩さがりました。犬が一歩前にでる。さがる。また、でる。また、さがる。また、でる。ウラシマはそんな二人《ふたり》（？）を、おもしろそうにながめています。犬のほうは、まるでそうしてあそんでいるようすなのです。

奥さんは、またしてもきみわるくなってしまって、けれど、すぐそこにやってきている女の子のてまえ、小さな声で、さっきとおなじ文句《もんく》をつぶやきました。

—だれか——だれかあ……。

—モモタロウ！

女の子がきびしいちょうしでいいました。

すると、犬は、ごめんなさいをするみたいに頭をたれ、女の子の足もとへいって、うずくまりました。

—モモタロウですって……この犬が……。

奥さんは、またまた、名前から考えていたのとはあまりにもちがったようすの犬に、めんくらってしまいました。

それから、そのでっかいモモタロウさんと、さっきのおそるべきウラシマちゃんとをあらためて見くらべ、ふふふ……と、わらってしまいました。夕方の、あの時計がわりの声の相手についての、あまりのけんとうちがいがおかしくなってしまったのでした。

女の子は、そんな奥《おく》さんを見て、ちょっとのま、きょとんとしていましたが、ねこのところまで歩いていくと、

―おまちどおさま、ウラシマ。じゃ、二人《ふたり》でおあそび。

弟にいうように、まじめな顔で話しかけました。

―にゃあ。

ウラシマは小声でへんじすると、もくんとおきあがり、いそいそとモモタロウのところへかけよりました。女の子が手をあげ、じゃあね、というようにかるくふると、――二人とも、もういませんでした。

奥さんがわらいやめたとき、林の前に立っているのはじぶんだけでした。女の子もあっというまに、さっきの家の中に消えていました。中田さんの奥さんは冬の日ざしをまぶしそうにながめ、小首をかしげながらじぶんの家にむかって歩きはじめました。そしていつか小声で、モシモシカメヨカメサンヨオ……と口ずさんでいることに、じぶんでも気づきませんでした。ましてや、さっきの家の中で、

―みつるちゃん、おかえりなさい……。

と、いい声がしたことなどとても耳にはいりませんでした。

2　鏡の中のじぶん

みつるちゃんの家は、ある私鉄《してつ》の駅前にあります。駅前といっても、しずかなものです。急行も準急《じゅんきゅう》もとまらない小さな駅というせいもありますが、駅前がずっと林だからでもあります。その林のはずれに、みつるちゃんの家はありました。

みつるちゃんのとうさんは、国鉄《こくてつ》につとめています。技術《ぎじゅつ》関係の仕事だそうです。そのおかげで、国鉄づとめの人に多いひっこしは、それまでしなくてすみました。一家はずっと、その私鉄の起点である大きな町のどまん中に住んでいました。

ひっこしたわけは、あの二人のせいです。

＊

どちらも家のうらのごみすてばに、小さな箱に入れられてすてられていたのを、みつるちゃんがひろってきたものです。それも、おなじ日の朝と晩《ばん》のことでした。

モモタロウは、まるまるふとってかわいい子犬でした。（だからすぐに、モモタロウと名づけたのです）ウラシマは、生まれたときからおじいさん、みたいにしょんぼりした顔で、箱の中でへたばっていました。（ですからすぐに、ウラシマときめたのです）

二ひきとも、とても無口に育ちました。

ひろわれてきたことに、えんりょしていたせいもありましたが、家のまわりのようすのためでもありました。庭はせまく、すぐ前の道は一日じゅう、車が走っていました。夜中でも近くの大通りは車がたえず、うっかり出歩けば、人間とおなじように、いつやられるか、しれたものではありません。

けれど、小さくなっていたといっても、モモタロウのからだが、みるみるうちに大きく育ったのはしかたがありません。コリーのようなからだつきですが、耳はペロリとたれています。毛なみもたしかにコリーふうでしたが、もっとずっとこいコーヒー色です。

――いわゆる〝純粋《じゅんすい》の雑種《ざっしゅ》〟にまちがいなし。

と、とうさんは気にもとめませんでした。

それにくらべて、ウラシマはちっとも大きくなりませんでした。まあ、ふつうのねこなみには育っていたのですが、モモタロウがあんまり早く育つので、見くらべてよけいにそう思えてしまったのでしょう。

――でも、ひとめでウラシマって思わせたんだもの。ウラシマなら、いつか玉手箱《たまてばこ》のおかげで若返《わかがえ》って元気になるかもね。

と、かあさんはのんきなことをいいましたが、ウラシマのしょんぼりしたようすはかわりません。まるではじめからとしよりとして生まれたみたいでした。

二ひきは兄弟（どちらもオスでした）のように育てられ、二ひきもまた、ほんとの兄弟

だと思っているようすでした。こまったことは、そう思いこんだせいでしょうか、ウラシマはときどきモモタロウみたいに、

—にゃおん！

と、小声でほえるようになりましたし、モモタロウは大きなからだのくせに、まるで子ねこみたいに、背《せ》をまるくして、毛糸玉にじゃれつきました。

—こんなのを勘《かん》ちがいっていうのね。

と、みつるちゃんがあきれていいましたが、とうさんもかあさんも、ま、いいじゃない……と、わらっています。

やがてウラシマが、ややねこらしく育ち、すこしでも動くものがあると、ひらりととびあがってつかまえようとしはじめると、モモタロウも、そのまねをしたがりました。といっても、からだのできがちがう。ねこのからだの中には、バネでもうめこんであるみたいですが、犬はからだが重い。おまけにモモタロウは人なみはずれて大きくて重いのです。

それなのに、いつか家の中にカラスアゲハがまぎれこんできたときは大さわぎでした。ウラシマはすばやく、ひらりと本だなにとびあがってアゲハをねらい、後足で思いきり本をけってとびだしました。おかげで、とうさんのすきな『ママにささげる犯罪《はんざい》』（ヘンリー・スレッサー＝作）という本と、かあさんがこのあいだ買ってきた『パパが殺される』（フレドリック・ブラウン＝作）は、なかよくけおとされました。

けれど、ねこにはつばさがありませんから、いくらしっぽでへいきんをとっても、飛ぶわけにはいきません。でも、じぶんがチョウでないとは知らないらしいウラシマは、何度も何度もしくじります。

それを見ていたモモタロウは、かっとなったらしい。じぶんが犬であることもわすれて（いや、これも知らなかったのでしょう）、思いきってとびあがり、たちまち、どでんとおっこち、したたか腰《こし》をうちました。

それでもくじけず、も一度とびあがりとびおちたものですから（またしても、腰にきました……）、それきり動けなくなってしまいました。

ウラシマはかけよって、モモタロウの腰のあたりをていねいになめはじめました。ちょうど、ねこどうしがするように、です。じぶんのからだの何倍もあるモモタロウをなめているウラシマを見ていると、子ねこが親ねこをなめているみたいでした。そして、おとなしくなめられっぱなしでいるモモタロウは、子ねこみたいにやすらかな顔で目をとじていました。

まるで、ねこと犬がいれかわったみたいだったり、ねこどうしみたいだったり——とにかくおかしなぐあいでしたから、みつるちゃんは、おちた本をそっとひろいあげて、ただただあきれて見物しているほかはありませんでした。

（ほんとに二ひきとも、じぶんのことをなんだと思ってるのかしら……）

と考えてみると、どうやら二ひきとも、相手を見て、じぶんもおなじなかまなのだと思いこんでいるふしがありました。つまり、相手に、鏡にうつったじぶんを見つけているらしいのです。——

おかしいといえば、こんなこともありました。

その年の梅雨《つゆ》は早くあけたかわりに、夏がいきなりやってきました。とつぜんの暑さに、毛ぶかいモモタロウはすっかりまいってしまい、できるだけ日かげの場所をさがして、そこでぐったりのびていました。それでもときおり、もも色の長い舌《した》をだしています。

ウラシマは、そんなモモタロウを同情《どうじょう》にみちたまるい目で見ていましたが、じぶんも暑さにまいったのか、あきれたことに、犬とおなじように、短い舌をだして、モモタロウとおなじく、はっはっは……と、あえぎはじめたのです。

これにはさすがのみつるちゃんもあきれてしまい、

—ウラシマ、およし。みっともないわ。

こわい声でおどしてやりました。ウラシマは、みつるちゃんの声のきびしさに、思わず舌をひっこめ、さすがに、二度とだしはしませんでした。

（ほんとに、二ひきとも……）

みつるちゃんは、あらためて二ひきをかわるがわるながめ、おかしくなって、くくくとわらってしまいました。

二ひきとも、わらい声はたてられなかったので、わけもわからず、みつるちゃんの顔をすこしばかりうらめしげに見つめていました。

けれど、二ひきが家の中でだけくらせたのもしばらくでした。

モモタロウには、家の中はあまりにもせますぎ、かといって、外は危険《きけん》がいっぱいすぎました。そして、いつもモモタロウにくっつき歩くウラシマにも外はもっと危険でした。

近所めいわくもあわせて、このままでは二ひきは犬らしくねこらしく育つことはできませんでした。

それに、おなじことが、人間の女の子――みつるちゃんにもいえました。とうさんが思いきって町からのひっこしを決心したのもむりはありませんでした。

といったわけで、ひっこしの決心は二ひきでつけられ――ひっこしてきたのでした。

３　「将」と馬と犬とねこ

中田さんの奥《おく》さんの〝放送力〟はなかなかのものでした。

モモタロウは大きな犬、ウラシマはねこ、そしてウラシマは犬みたいにほえるし、モモタロウはねこみたいにじゃれる……という〝発見〟は、数日もたたぬうちに林のまわりの家じゅうに知れわたっていました。

奥《おく》さんたちは、買物の行き帰りに、なんとかして二ひきに出会いたいものだと思いましたが、二ひきとも林の中にはいりこんだまま、めったとでてきません。二ひきとも、とにかく一日じゅう外にいてあそべることがうれしくて、林の中をわが庭にしてかくれんぼやおにごっこをしていたのです。

となると、あの〝時報《じほう》〟のときに、わざと林のはずれで立ち話でもしていて、二ひきが帰ってくるのをまつしかありませんでした。

何人かの奥さんは、ものずきにも、そうしてみました。けれど、あの声にこたえてかけてくる二ひきは、それこそ二つの走るかげになって、さっさと家へとびこんでしまいましたから、中田さんの奥さんの〝発見〟をたしかめることはたいへんでした。

それからひとつきもして、気の早いウメのつぼみがほころびたころになって、やっと野《の》口《ぐち》さんの奥さんが、ウラシマにほえつかれました。

奥さんはうっかりして、ウラシマが日なたぼっこしているのを知らずに、もうすこしで思いきりふんづけるところでした。ウラシマがとびあがってほえ、奥さんもとびあがったことは、中田さんの奥さんのときとおなじでしたけれど、野口さんの奥さんは、ほえるねこ——ウラシマちゃんとの出会いがうれしくて、ソプラノで悲鳴をあげるかわりに、

——まあまああ、ウラシマちゃんねえ！

と、よろこびの声をあげました。

この第二の発見者の放送によって、中田さんの奥《おく》さんの発見はたしかめられ、それをきいたほかの奥さんたちの何人かは（じぶんがこの発見者になれなかったことをちょっぴりざんねんがりながら）、夕食のときに、家族にウラシマちゃんのことを話しました。ねこがね、ほえるんですってよ……。

たいていのご主人は、ほう……と、ちょっとおどろいた顔をしましたが、本気にはしませんでした。

本気にしたのは何人かの子どもで、なかでも川崎《かわさき》あつしくんは熱心でした。すぐにも、そのほえるねことやらの調査《ちょうさ》研究にとりかかろうと決心しました。

あつしくんは四年二組のクラス委員です。

そして、みつるちゃんは、そのクラスの〝新入《しんい》り〟でした。あつしくんは、このかみの毛の長い、やせっぽちで小麦色の肌《はだ》をして目のすんだ女の子が転校してきた日から、気にいっていました。

けれど、女の子は一日じゅうひっそりと、教室のすみっこのじぶんの席にすわって、なにかをあんでいました。まるで、赤ちゃんのくつしたをあんでいるおかあさんみたいに、です。

あつしくんはだれとでも話せるたちでした。女の子、男の子の区別はありません。しかし、この女の子は、にがてでした。それでも何度かは思いきって近づいていきました。そして、もっと思いきって、あのう……と、あつしくんにしてはめずらしく下手《したて》にでた口のききかたで話しかけようとしたとたん、女の子は、その大きな目でまっすぐに見返すのです。するとあつしくんは、まるでかあさんに、

—なあに、あつしくん?

と、きかれたみたいな気もちになって、いいんだよォ……というふうに、ついといきすぎてしまうのです。その子は、なにもなかったみたいに、あみものにもどる。あつしくんはこっそりすばやくふりかえってそのようすを見て、あらためて、ちっ……と舌《した》うちするー—というふうなのでした。

だが、その子が持《も》ち主《ぬし》らしいねこがウラシマというおかしな名であり、〝ほえるねこ〟だとあっては、すててはおけない。ねこに近づくことで、あの子にも近づけるかもしれないではありませんか。

といっても、あつしくんは、だいたい、ねこという生きもののことをよく知りません。かあさんがねこぎらいで、飼《か》ってくれなかったからでした。とにかくかあさんときたら、てのひらにのるくらいの子ねこでも見かけたら、足がすくんでしまうというのです。それなのに、今度《こんど》のウラシマちゃんに関心を示《しめ》したのは、それが〝ほえるねこ〟という、世にもおかしなねこだからでした。かあさんは、犬は大すきでした。(だから、あつしくんとこの犬は血統書《けっとうしょ》つきのマルチーズというりっぱなやつでした)その犬ににて、ほえるねこ

ということがおもしろかったらしい。

けれど、あつしくんにとっては、そんなことはどうでもいい。そのウラシマとやらに近づきになることが先決です。こんなのを〝将《しょう》ヲ射《い》ントセバ馬《うま》ヲ射《い》ヨ〟というんだな、と頭の回転のいいあつしくんは、こっそり気がついていました。

このむずかしい格言《かくげん》は、とうさんの口ぐせです。なんでも、かあさんをおヨメさんにするとき、犬の話をどっさりしこんでいって、それでうまくいったことをさすのだそうですが、正確《せいかく》なところはあつしくんはわかりません。

（ぼくの場合は、犬がねこにかわっただけだ。もともとは馬だったらしいけどさ。でも、問題は相手だということにはかわりがない。つまりこんなのを〝遺伝《いでん》〟というのかなあ。ぼくったら、とうさんとおなじやりくちでいこうとしてるんだもん……）

と、あつしくんは考えをまとめました。

そして、むかしとうさんがしたにちがいなかったように（もっともそのときは犬についてでしたが）、まず、ねこのことを百科事典でしらべることからはじめました。それから町にでて、本屋さんを二、三げんまわって、動物百科の「ねこ」を立ち読みし、『ペットの飼《か》い方《かた》』といった本のねこのページにも、すばやく目をはしらせました。

あつしくんの脳《のう》みそのすみっこに、ねこについての知識《ちしき》が小さな毛糸玉ほどにもたまりました。おかげで、ねこにもずいぶんいろんななかまがいることも知り、マンクスという、しっぽのないねこがいることも知りました。ネズミのことをかならずしも〝かたき〟と思っていないことも知りました。けれども、かんじんのほえるねこのことも、ねこのほえ声についても、どの本にも一行だって書いてありませんでした。

(これは珍種《ちんしゅ》だ。なにをするかわからないぞ……)

と、あつしくんは結論《けつろん》をだし、そのおかしなねこに会うために、こちらもなかまと組むことにしました。かあさんの話だと、ウラシマにはモモタロウというでっかい護衛《ガード》がいるらしいけど、犬なら、自信はありました。でも、なかまには、犬に強いのをえらばねばなりません。(それに、これはだいじなないしょ話ですが、あつしくんのほんとうの目的、つまり「将《しょう》」のことをさとられても、ちょっとこまります)

そんなときに、いちばんのなかよし、中川《なかがわ》ひろしくんがいたとは、なんと運のよいことでしょう。中川くんは、クラス一のあばれんぼうで、犬なんかへっちゃらだい、といつもいってましたし、気もちがゆったりしているので(クラスのほかのれんちゅうは、気があらくって、こまかなことに気づかない、といってましたが……)、「将」のことはさとられずにすみそうです。

あつしくんは、その日の帰り道、ひろしくんにそうだんをもちかけました。

4　林のモーツァルト

―ほえるねこだって!

あつしくんの思っていたとおり、ひろしくんはウラシマのうわさをきいていませんでした。ひろしくんのおかあさんが知らなかったわけはないのでしょうが、帰ってくるなり自転車にのって、裏山《うらやま》をこえてどこかへあそびにでかけるひろしくんに、ねこのことなど話してもしかたがないと思ったのでしょう。

―そんなのがいるはずがないよ。

ひろしくんは、またあつしくんの思っていたとおりのことをいって口をとがらせました。

―ほえるのは、犬だろ。

―ところがいるんだな。

あつしくんは、おかあさんにきいたとおりにウラシマのことを話しました。むろん、みつるちゃんのことにはふれませんでした。そのかわりに、ウラシマの護衛《ガード》であるモモタロウのことはすごい猛犬《もうけん》みたいに、少々おおげさにつけくわえました。

―お、ま、も、りつきのほえるねこだって!

ひろしくんは目をかがやかせました。

―そいつはちょっとあたってみる必要があるな。

ひろしくんは刑事《けいじ》みたいな口をきき、すぐにでもその二ひきの出没《しゅつぼつ》する林へでかけそうないきおいでした。林の中で、見つけるのは、アズキの中にまじったルビーを見つけるほどむずかしいのだ、とあつしくんがおかしなたとえでとめましたが、

―ルビーなら光っててすぐにわかるじゃないか。

といわれると、とにかくでかけてみるほかありませんでした。あつしくんは、いまごろだと学校帰りのみつるちゃんとぶつかるのが気がかりなので、きょうのところは、まず例の〝時報《じほう》〟のときにのぞいてみて、二ひきをたしかめるだけにしようと考えていたのでした。

けれどもうしかたがありません。ひろしくんはもう駅のほうへ歩きはじめています。あつしくんはあわててあとをおいました。あつしくんがおいつき、ならんで歩きだすと、ひろしくんはこんなことをいいだしました。

―そのほえるねこってのは、持《も》ち主《ぬし》がいるのかい？

―ん、いや、まあ……。

みつるちゃんのことがばれてはこまると、あつしくんはことばをにごしました。

―まあ、どうかわからないんだね。

あつしくんはあいまいにうなずいてみせ、ぼくよく知らないんだよ、という顔をしてや

ったのですが、ひろしくんはじぶんの〝計画〟のことをいっしょうけんめい考えていたものですから、そんなあつしくんの顔色など見ていません。すぐにこうつづけました。

―じゃ、うまくいけば、おれのものにしたっていいわけだ。

あつしくんは目をまるくしました。だが、もうおそい。ひろしくんの目に灯《ひ》がともり、足どりがかるくなりました。あつしくんはあわてて、

―で、でも、ねこをつかまえるなんて、むずかしいよ、きっと。それにさあ、ほえるねこだもん……。

ひきとめようとしましたが、ひろしくんは、ぽんと胸《むね》をたたいて答えました。

―だいじょうぶ、おれにはちゃんとあてがあるんだ。あてのない仕事には手をつけないというのが、おれのいきかたでね……。

ひろしくんは大どろぼうみたいな口調になりました。

―あてって？

あつしくんがおそるおそるききかえすと、

―フルートさ。

あっさり答えたので、あつしくんはよけいにわけがわからなくなりました。

―フルートってあの、横笛のこと？

―あたりまえさ。音楽のとき習ったろ。おれでもちゃんとおぼえてることがあるんだ。

なんせおれはフルートがふけるんだからな。

—フルートが、ふける！　きみがかい？

あつしくんは、空色のニワトリでも見つけたみたいな目つきになって、ひろしくんを見なおしました。

—ふいちゃおかしいかい？

ひろしくんは、むっとして立ちどまり、ちょっとこわい声になりました。

—んにゃ。す、すごいなあ。

あつしくんの声がふるえました。人は見かけで判断《はんだん》してはいけない、と先生がよくいうけれど、ほんとうでした。あばれんぼうの、勉強ぎらいの、見るからにけんかっぱやそうで強そうなひろしくん。それが、あの銀色の細長い横笛をふけるなんて……。見かけだけでいうと、ひろしくんとフルートは、でっかいバオバブの木に、おしゃれなホシガラスがとまったようで、どうもつりあいません。フルートは、みつるちゃんにこそよくにあうのに……とあつしくんは胸《むね》の奥《おく》で口をとがらせました。

そんなことを考えていたせいで、あつしくんはまだオカシイナという顔になっていたのでしょう、今度《こんど》はそれをちゃんと見てとったひろしくんが、チェロのように低い声ですごみました。

—おれがふけちゃ、おかしいのかい。

――……ん、にゃあ……。

あわてて首をふりながら、あつしくんはこれまで何回もはいったひろしくんのへやのようすをいそがしく思いうかべていました。

柱には、いまどきめずらしくむかしふうな日めくりがかかっていて、黒いマジックでその下にしるしがつけてあるのは、ひろしくんの背丈《せたけ》のはかりあと。かべには今月の給食表がでんとはってあって（これは一年生のときからずっと）、すきな献立《こんだて》のところにはクレヨンの赤でぐるんと丸がしてある。それから時間割表《じかんわりひょう》に世界地図に、ボクシングのカラー写真、本だなにはぎっしりとまんが雑誌《ざっし》がつまっていて、たまに本がまじっていると、『プロレス百科』『まんが教室』であって――思いおこせるかぎりでは、音楽やフルートにかかわりのあるものはありません。

あつしくんはじぶんでも気づかずにますますオカシイナという顔になっていました。ひろしくんがそいつを見のがすはずがない。口を「へ」の字にむすんで、そんなあつしくんのことをむっつりにらみました。でも、ひろしくんはどなりたてませんでした。かわりに、口をとがらせて口笛をふきだしたのです。

ピーポポポーポピロロォ……。

口笛はかろやかにつづけられ、あつしくんは、あっけにとられて立ちどまってしまいました。

—ど、どうしたの？

—わかんないかなあ、おまえ、学級委員だろ。

—……ん……。

—音楽は5だよな。

—ううん、4だ。

—おれは3だ。けどな、いまのがモーツァルトのフルート・コンチェルト一番のはじめだくらいは知ってるぜ。

—モーツァルト？ フルートなんだってェ？ その、いちばん、ねえ。

あつしくんには、わけがわからなくなりました。

—ま、いいや。とにかくそのフルートでよ、ねこをつるんだ。

ひろしくんは、池のふなでもつるみたいに、かんたんにいってのけました。モーツァルト、フルートに、ねこつり……。あつしくんは、なかまにひろしくんをえらんだことを、しまったぞ、と思わずにはいられませんでした。

フルートでねこがつれなくても、フルートのふけるけんか大将《たいしょう》なら、女の子だって、おもしろがるにきまっています。あつしくんの足どりが重くなるのに反して、ひろしくんはもう一度さっきのモーツァルトのフルートなんとやらのメロディーをふきならしながら、ほとんど小走りに駅にむかっていくのでした。

5　ピアノかフルートか

ひろしくんはそのままごきげんで口笛をふきつづけながら、とうとう林のところまできてしまいました。あつしくんは気が気ではありません。うっかりみつるちゃんと出会ったら、なにしにいらしたの、などときかれ、ひろしくんが、

――ねこつりさ、ほえるねこってやつをつってやるんだ。

なんて答え、それがみつるちゃんとこのウラシマだとわかったら、おおごとです。ウラシマをとおして、みつるちゃんとなかよしになろうというあつしくんの計画は水のあわ――どころか、あつしくんがけしかけてウラシマつりを計画、実行したなどと思われては、なかよしどころか「絶交《ぜっこう》」うたがいなし、です。

といって、いまさらひきかえせません。

ひろしくんは、口笛のフルートでねこつりをためそうと考えたらしく、林のあちこちにむきをかえて、モーツァルトをふきつづけています。冬のしずかな夕暮《ゆうぐ》れ前の林に、それは、すっきりきれいにひびきました。メロディーがとても美しいのです。

（それにしてもあんな長い曲を、よくおぼえたもんだ……）

あつしくんは、ほっぺたをあからめ口をとんがらせてふきつづけるひろしくんの横顔を、

あらためて見なおしていました。もうすこしで、ねこつりのことも、みつるちゃんの、ひみつも、どうでもよい、と思ってしまうところでした。

口笛フルートは、そんなきき手を、もっとひきつけるように、ふきつづけられました。

しかしそのとき、林のはずれに人かげがあらわれて、こちらへやってくるのが目にはいりました。

（みつるちゃん！）

あつしくんは頭に血がのぼり耳があつくなって、モーツァルトはどこかへいってしまいました。

──な、ひろしくん、むりだよ、口笛じゃ。

いいながら、ひろしくんの上着をひっぱっていました。とにかくここにいてはこまったことになる……。

けれど、ひろしくんにはみつるちゃんなんか、目にはいりません。林のどこかから、モーツァルトにひかれて、ねこがとびだしてこないかだけを気にしているのですから……。

モーツァルトはつづく。人かげが近づく。あつしくんは、ほとんどおいのりするような気もちと声で、

──ねえ、ひろしくん、むりですよォ……。

と、ひっぱります。

さすがのひろしくんも、ふりかえりました。なにすんだよォ……という顔です。あつしくんは、おっかないなあと思いましたが、こわさよりも、みつるちゃん。そのまま、ぐいぐいひっぱりました。ひろしくんは、ますますおっかない顔で、それでもあつしくんのしんけんな顔つきに気《け》おされてでしょうか、ひっぱられるままに、林の外へでてしまいました。

そのときでした。大きな黒いかげが、すぐ目の前の草むらからふいにとびだすと、おどるように、みつるちゃんのほうへ走りました。

(モモタロウだ)

あつしくんは気がつきましたが、だまっていました。こちらへとんできて、ついでにみつるちゃんもついてこられてはたいへんです。

—な、きょうはこのくらいで、帰ろう。

あつしくんは、たのむようにいってみました。

—このくらいって、まだ、なんにもしてないじゃないか。

ひろしくんは、おおいに不満でした。

—ねこにモーツァルトはむりだよ。

あつしくんは、けんめいに説明します。

—なにしろ、ほえるねこだろ。音楽より、けんかのほうがすきじゃないかなあ。

ふん、とひろしくんは鼻をならしました。

—けどさ、おれにフルート教えてくれる先生はよ、ねこは音楽ずきだっていってたぜ。ピアノにききほれるやつもいるっていってたぜ。サーカスのねこもフルートでならすんだっていってたぜ。

ひろしくんは、じぶんのつりかたには、ちゃんとしたわけがあることを話しました。ふだんのひろしくんとは別人みたいです。学校のひろしくんときたら、説明する前に、げこつか、足ばらいが先にでてしまうのです。あつしくんは返すことばもありません。でも、いまふりむかれたらこまる……。とにかく二歩でも三歩でも、ひろしくんとみつるちゃんとのあいだの距離《きより》をひらかねば……。

それであつしくんは、ひろしくんのいったことに、とても感心したように大きくうなずいてみせて、

—そしたら、今度《こんど》はピアノでためしてみようよ。

といって、林の反対の方向へ歩きだしました。

—ピアノって、おまえ、ここへ持ってこれないじゃないか。

—ううん。カセット・テープがあるさ。あれにふきこんだのをもってきて、ここでねこのやつにきかせてやるのさ。

—カセットか。そいつはいいや。

ひろしくんはあつしくんのことを、さすがは学級委員……といった目で見てくれました。

—で、ねこのすきなのは、だれの音楽だい？

あつしくんは話をつづけようとけんめいです。

—だれだったって、おまえ、ピアノならきまってるじゃないか。

—ショパンかい？　ブルグミューラーかい？

—あ、ショパンだ。

ひろしくんはフルートのほかのことは知ろうとしたことがなかったようです。とにかく短いほうのにきめてしまいました。でも、ピアノ曲だのショパンだのだけではけんとうがつけられません。ひろしくんは、いま一度林にひきかえして、やっぱりフルートでためしてみたいようすになりました。

それに、林の中の口笛フルートはとてもよくひびいて、気にいっていたのです。ひろしくんがフルートを習っているといっても、本物のフルートのほうは、まだまだやっと音がだせるといったところです。とくに高音域《こうおんいき》の音がにがてです。けれど、口笛フルートなら、自由自在《じゆうじざい》です。フルートの曲なら、感心に、いくつもおぼえていましたから、せめてそれでためしてみたかったし、いつも「勉強」のことでひけめを感じていたあつしくんを、ちょっとおどろかせてやりたかったのです。それがまた思った以上にうまくいったものですから、ひろしくんが「もう一度《アンコール》！」と考えていたのもむりがない。アンコールのきらいな音楽家はいませんからね……。

しかし、あつしくんのほうも、せっかくここまでひきかえせたのですから、あとひといきと、いろんなことを考えます。

——そうだ。カセット・テープに録音《ろくおん》するなら、ピアノもいいけど、もっとねこのすきそうな音を入れればいいんだ。ぼく、いつか本で読んだんだけど、飛行場に集まりすぎてジェット機を飛べなくしてしまった野鳥をおっぱらうのに、そいつらのきらいな鳥の声を録音して、スピーカーで流したっていうよ。

——じゃあ、ねこのすきな音って、ほかになにがある?

ひろしくんも、つられてたずねました。

——それを研究するんだよ。

——研究だなんて、時間がかかるじゃないか。

——本でしらべると早いよ。

——本か。じゃ、まかせた。

ひろしくんはあっさりあきらめましたが、はっとしたようにいいだしました。

——そうだ、相手の声だ。

——相手の声って?

——にぶいなあ。男の子なら女の子、女なら男。

—なるほど、そうか。

あつしくんは感心しました。学者が書いた本にたよるより、ひろしくんの思いつきのほうがうまくいきそうです。

—でも、ウラシマは、オスねこかメスねこか、だれも知らないよ。

—そうか、じゃ、やっぱりそいつに会ってたしかめなくちゃあな。——

ふりだしにもどりました。それでもつぎの対策《たいさく》ができたのですから、気がかるくなったのでしょう。ひろしくんは、林のほうへまわれ右して、早足でもどりはじめました。あつしくんの努力も水のあわです。けれど、そもそもウラシマのことをいいだしたのがじぶんである以上、ここでひきかえすことはできませんでした。あつしくんは、おそるおそるひろしくんのあとについていきました。

6　フルートか友だちか

林にはだれもいませんでした。

みつるちゃんも、二人《ふたり》がひきかえしているあいだに、家へはいってしまったのでしょう。モモタロウは、また林の中へとびこんだのでしょう。ウラシマも、林の中のどこかにいるのでしょうが——林は、そんなようすはかけらも見せずに、しずまりかえっていました。

はだかの枝《えだ》が、ときおり風にゆれてかさこそと細い声をあげるだけ、枯葉《かれは》が音もなく風にのるばかりです。

—こうなりゃ、まつだけだ。

ひろしくんは、厚《あつ》いセーターを着こんだのでよけいに太く見える両うでをぐいと組んだまま、林をにらみつけました。

—でも、寒いよ、このままじゃあ。

あつしくんは、気の弱いことをいいだしました。

—じいさんみたいなことをいうんじゃないよ。

ひろしくんはとりあいません。だんぜんここでまちつづけ、なにがなんでも二ひきにお目にかかるつもりです。あつしくんもしかたなしに、林をぼんやりながめて立っていることにしました。そのようすに、ちらっと目をやったひろしくんが、ポケットに手をつっこみました。

—腹《はら》がへってるせいだろ。これで、駅の売店でもいって、パンでも買ってきてくれよ。

ああいいよ、とうなずいて、あつしくんは、ひろしくんのさしだした百円玉をにぎると、林からはなれました。

ひろしくんは動かない。林からどちらかがとびだしてこないかと、目を光らせています。しんけんそのものです。それもそのはず、本人は、

（これが「張込《はりこ》み」ってやつだな）

と、内心ごきげんなのです。いつもはテレビで見るだけの役をほんとうにやることができたみたいで、うれしいのです。テレビでは、こんなとき、こうやって刑事《けいじ》が犯人《はんにん》を張《は》ってる。犯人《ホシ》はとうとう根負《こんま》けしてでてくる。なにげなく歩き去ろうとするのを、二、三歩やりすごしておいて、かるく声をかける。

—山上春男《やまがみはるお》だな。

犯人はたいてい、びくんと立ちどまり、それからかけだす。それっとおいかけ、たちまちおいついて足ばらいをかける。右手はすばやく手錠《てじょう》をにぎりしめ、さっとふりあげ、ねじふせた犯人《ホシ》の手首に……。

ひろしくんは、いつも見るテレビの刑事もののラスト・シーンをゆっくり思いおこしていました。足がむずむずしてきました。テレビだと、もうでてきてもいいはずです。さあ……。

そのとき、そんなひろしくんの期待にこたえるかのように、すぐ横っちょの草むらから、ねこの顔がのぞきました。ひろしくんを見上げ、べつにこわがるようすもなく、のそのそでてきます。

ひろしくんは、ごくりとつばのかたまりをのみこみました。こんなにだいたんなところを見ると、こいつがウラシマにきまってます。おちついておちついて、そっと声をかける

んだぞ……。ひろしくんは、じぶんにいいきかせ、できるだけやさしく（刑事《けいじ》が犯人《ホシ》に声をかけるように）、

—ウラシマくんだね。

すると、ねこはちょいとふりむき、

—にゃあ……。

あまえた声で鳴いたではありませんか。

（おや、ほえないじゃないか。じゃあちがうんだな……）

ひろし刑事はうなずいて、ねんのためもう一度、

—ウ・ラ・シ・マ・くん。

また、

—にゃあ……。

でした。

—よし、いけ。

ひろし刑事はあごをしゃくりました。そのことばがわかったかのように、ねこは、ひととびで、しげみの中にとびこんで見えなくなってしまいました。

そこではじめて、ひろしくんは気がつきました。いまのねこはほえなかった。けれど、ウラシマとよんだら、へんじしたではありませんか。あいつはやっぱりホシだったのです。

しまったと思ったがもうおそい。林はまた、しんとしずかです。

——……あらわれたかい？

あつしくんがもどってきて声をかけるまで、ひろし刑事《けいじ》はひとしきりくやしがっていました。しかし、失敗したことをあつしくんに知られたくありません。ひろしくんは首を大きく横にふって、いいや、と答えました。

すると、その答えをまっていたみたいに、だれかがひろしくんのおしりをつんとつつきました。ふりむくとコーヒー色のでっかい犬が、のっとあらわれ、そいつがつついているのです。同時に気づいたあつしくんが、

——もしかしたら……。

犬のあまりの大きさに、ちょっとふるえ声になっていいました。

——こちら、モモタロさんじゃないかしら……。

——ウォン。

犬がうれしそうにへんじしました。「さん」づけにされたのが気にいったのかもしれません。立ちあがって前足をあつしくんにつきだしました。背《せ》はあつしくんより高そうです。

家のマルチーズのような小型犬ばかりとしかつきあいのないあつしくんは、このおおがな犬におそれをなし、声だけでなしに、からだごとふるえてしまいました。頭からかじられそうな気がしてしまったのです。あわてて、あいさつの順番をひろしくんにゆずりまし

た。

ひろしくんとしてもあまり気が進みません。けれど、あつしくんとの約束――犬なんてへっちゃらだい――のてまえ、ここは男の子らしいところを見せねばなりませんでした。ひろしくんはモモタロウの前足を受けとめ、

―やあ、モモタロウくん。

かるくあいさつしたつもりでしたが、相手の重いことったら。ひろしくんはつんのめって、モモタロウの下にもぐりこむようにひざまずいてしまいました。モモタロウは礼儀《れいぎ》正しくとびすさってすわりこみ、ひろしくんにおわびするように、「フセ」のしせいになりました。人間なら、さしずめ、

―失礼しました。

といったところです。ひろしくんは、相手のしつけのよさに感心し、安心してゆっくりおきあがると、まるで人間にいうように、

―きみ、ウラシマをよんできてくれないかい？

と、たのんでみたのです。じっさい、モモタロウのようすをずっと見ていれば、だれだって、そんなふうに話しかけてしまうにちがいありません。そしてモモタロウは、これまた人間のように、すっくとおきあがると、コーヒー色の風になって、しげみの中に消えました。

──……うわさ以上だよなあ……。

あつしくんはまだ胴《どう》ぶるいがとまらないようすです。ひろしくんはすっかり自信をとりもどしたようすで、日本一の犬の調教師《ちょうきょうし》のように、胸《むね》をはってモモタロウの消えたあたりをながめています。

─フルートより友だちさ。

ひろしくんは、なぞのようなことをつぶやいて立っています。五分たち、十分すぎました。しげみは、しんとしたまま、林のしずけさも、もとのまま、そしてひろしくんもじっと立ったままでした。あつしくんも立ちつくし、せっかく買ってきたパンのふくろを思いきりにぎりしめました。ふくろの中のパンはゆっくりとアンコをはきだしましたが、あつしくんはちっとも気がつきませんでした。

7　二つのご対面

ひとめでモモタロウのことを信じる気になったひろしくんは、気長《きなが》にまちました。こんなことになると、いたって気の長いひろしくんとくらべて、あつしくんは内心、いらいらしはじめました。むりもない。このまま夕方になって、あの夕べの時報《じほう》になると──二ひきと対面できることはたしかですが、同時に、あつしくんの「将《しょう》」であるみつるちゃんともご対面してしまいます。するといくらのんびりやさんのひろしくんだって、あつしくんの目的をさとってしまうかもしれません。

だが、〝案《あん》ズルヨリ産《う》ムガ易《やす》シ〟というのは、ほんとうでした。あつしくんのしんぼうがまんがもう切れてしまう――寸前《すんぜん》に、まったくとつぜん、ちょうどさっきとおなじように、モモタロウが、のっとすがたをあらわしたのです。二人《ふたり》とも林のむこうをながめていたので、すぐうしろのしげみからでてきたのに、ちっとも気づきませんでした。

モモタロウは、さっきよりもずっとお手やわらかに、ひろしくんのおしりを、そのしめった鼻先で、ついとつつきました。

――やあ、モモタロウさん。

ひろしくんは、桃太郎《ももたろう》の親愛なけらいのおサルみたいにしゃちほこばってあいさつしました。

――で、おつれのかたは？

モモタロウは、舞踏会《ぶとうかい》の「王子《プリンス》さま」みたいに、ゆっくりやさしくうしろをふりむきました。つられて二人がモモタロウのうしろに目をやりましたが――なにもいない。モモタロウはすこしもあわてず、そのままじっとしていました。二人は顔を見合わせてしまいました。

この犬め、人間をなぶってるのだろうか……。

しかし、まさにその瞬間《しゅんかん》、バレーボールがぽうんとはずむみたいに草むらからおどりで

たのは、一ぴきのねこでした。ねこは、紙風船のように音もなく、モモタロウの前足の横っちょにうずくまりました。それがあんまりしずかでしたから、二人《ふたり》ともまだ気づきません。

モモタロウが、せきばらいでもするように、

—ウォン。

小声で知らせました。

—ウラシマさん！

二人が合唱しました。

—にゃおおん。

ウラシマはいい声でへんじしました。

二ひきはそのままのしせいで二人を見上げています。二人はこまってしまいました。こんな礼儀《れいぎ》正しい二人——いや、二ひきをつかまえて、あんたたち、オスかい、メスかい？なんてはしたないことをたずねられるものでしょうか。二人はまた顔を見合わせてしまいました。

モモタロウのまゆがぴくりと動き——と見えたのは正しくありません。犬にまゆがあるわけはない。ただ、そんな目になったモモタロウがひろしくんのことを、じっと見つめました。さあ、おっしゃるとおりウラシマをつれてきましたが、なんの用です？　といった

ところです。ひろしくんもあつしくんもすっかりこまってしまい、目顔《めがお》で、

（おまえがきけよ）

（きみのほうだい）

といいあいましたが、このままだと、モモタロウが立ちあがりそうです。ほえつかれでもしたらすわりこんでしまうかもしれません。もともとほえずきのウラシマだって、とびかかってくるかもしれない。ひろしくんはじぶんがよびだした責任《せきにん》を感じて、決心しました。

―ええと、そのう、――ちょっとききづらいんだけど、ウラシマさんは、男のかたですか、女のかたでしょうか？

横で見ていたらふきだしてしまうにきまっていますが、二人《ふたり》ともしんけんでした。さっきからのようすのつづきぐあいからいくと、どうしてもこうなってしまうのです。

―まことに失礼とは思いますが、そのう、あとのつごうがありまして……。

あつしくんもおそるおそるおうかがいをたてました。二ひきは、二人のきまじめなようすと声に、首をかしげてきいっていましたが、答えられるわけがありません。そこでやっと、われにかえったあつしくんが、じぶんたちのやっていたことのおかしさに気づいて、ひろしくんをつつきました。

―むりだよ。人間のことばがしゃべれるわけがない。

——……ああ、そうだったな。

ひろしくんも、きょとんとなって答えました。

——でも、モモタロウのほうは、たしかにことばはききとれるぞ。

——じゃ、ききなおすかい？

——ああ、いいよ。いいことあるんだ。

ひろしくんは、あらたまった口調でモモタロウのほうにむきなおりました。

——ええと、正しいほうに一声《ひとこえ》答えてくださればいいんです。このねこさんはウラシマさん、ウラシマくん、いいですか、ウラシマくんですか。いいですね。まずウラシマさんですか、

——……。

——じゃあ、ウラシマくん。

——ウォン。

けっこうです、どうも……と、ひろしくんは、テレビのクイズ番組の司会者みたいなことをいいました。そのとき、あつしくんが、くくくくと、からだを二つ折りにしてわらいました。なにがおかしいんだよォ、ひとがいっしょうけんめいになってんのにさァ、とひろしくんがふくれっ面《つら》になるのをおさえて、あつしくんがわけを説明しました。

——だいたい浦島太郎《うらしまたろう》って男だろ。このねこが女の子だったら、あんなじいさまの名前なんぞつけないよ。はじめにちょっと考えればわかったんだ。

ひろしくんの顔がくしゃんとゆがみ、それからてれくさそうにへへへとわらいました。二人《ふたり》は顔を見合わせて、思いきりわらってしまいました。二人とも、ほえるねこだの、人語《じんご》を解《かい》する犬だのといった「まほう」に足をとられたといったところでした。

―じゃあ、あとは女のねこの声をふきこんだカセット・テープでいけるわけだ。

ひろしくんは、たちまち、ウラシマ誘拐《ゆうかい》作戦にとりかかるべく、はずんだ声をあげましたが、そこで、じっとそんな二人を見つめているモモタロウに気がつくと、肩《かた》をすくめました。

―こいつはやばいぞ。なみの持《も》ち主《ぬし》よりおっそろしいや。

―そうさ、だから、誘拐はやめて、手なずけることだよ。

あつしくんはあわてて提案《ていあん》しました。ウラシマを手なずける、そしてうまくいけばその持ち主のみつるちゃんに近づく――という作戦にもどらなければなりません。ウラシマをさらってしまうだなんて、とんでもない。みつるちゃんに一生うらまれてしまうではありませんか。それに、手なずけるにしても、ひろしくんのやりかたは、うまく――いや、上品ではありません。うまく手なずけたとしても、いったいどうやって？　とたずねられて、メスねこの声でつったのさ――などといえば、みつるちゃんにそっぽをむかれそうでした。

それならどうする？

一つはモモタロウから手なずけることで、もう一つはフルートなピアノによってウラシマに近づくやりかたです。

けれど、あつしくんはモモタロウがにがてでしたし、フルートはふけませんでした。あとは、ピアノしかない。でも、ねこのすきなピアノ曲を見つけるのは、ウラシマとご対面するよりももっとむずかしそうでした。

あつしくんがすっかりとまどっているのにくらべて、ひろしくんは、ウラシマのようすをじっくり観察していました。大きさ、ヒゲののびぐあい、毛なみ、色つや、目つきなどから、だいたい何歳《さい》くらいか、けんとうをつけようというのです。それがわかれば、好みの「女の子」がわかるかもしれん――というのがひろしくんの考えでした。

―ようし、いい相手を見つけてやるよ。

ひろしくんがそういうと、ウラシマはにゃおうと、あまえた声をだしました。それから、やってきたときとおなじように、またバレーボールになって、草むらにとびこみました。

―ふふ、てれてるのかな。

ひろしくんは草むらに目をやりながらつぶやきました。モモタロウは、そんなひろしくんのことばがわかるみたいに、じっときいていました。そのとき、林のむこうから、

―モモタロオオ……。

若《わか》い女の人の声がよび、つづいて女の子のすんだ声が、

―ウラシマアア……。

と、はっきりよぶのがきこえました。

—な、なあんだい。

ひろしくんが口をとがらせて、あつしくんをにらみました。

—ちゃんと持《も》ち主《ぬし》がいるじゃないか。

ああ、——あつしくんはあいまいにうなずきました。せっかく、ほえるねこを——とかなんとかぼやきながら、ひろしくんは、声のほうへ歩きだしました。あつしくんがあわててあとをおいかけました。

—ど、どうするんだい？

—どんな持ち主か見てやるんだ。

—い、いいじゃないか。

—よかないよ。

おし問答《もんどう》しながら、すぐに目的の家のそばまできてしまいました。そんな二人《ふたり》の前を、黒い大きなかげと小さなかげが林の中からとびだしていって、家に走りこむのが見えました。

それきり、家はしずまりかえり、だれもでてきません。いくらひろしくんでもまさか見ず知らずのよその家の戸をたたいて、おたくのねこ見せてください——という勇気もなく、口をとがらせたままでした。

あつしくんは、ほっと胸《むね》をなでおろしました。このままひろしくんがあきらめてくれればあとは、ぼく一人《ひとり》でなんとかするぞ……と思ったのです。

そんなあつしくんの心の中がわからないひろしくんは、まだ口をとんがらせたままでした。それから口をとがらせついでみたいに、口笛をふきはじめました。

ピーポポポーポピロロォ……。

モーツァルトのフルート・コンチェルトとかいうやつです。はじめは、おこったようにふいていましたが、すぐにふくのがたのしくてふく音にかわりました。モーツァルトは林のむこうにひろがりうたいあげられて長くつづきます。

あつしくんも、すこしずつ、ききほれていったほど、ひろしくんの口笛はうまいものでした。すると、いつからか、口笛が二重になっている――ときこえたのはまちがいで、だれかが、ひろしくんのモーツァルトにあわせて、本物のフルートをふきはじめていました。そいつに気づいたひろしくんは、おどろいて口笛をふきやめました。けれど、モーツァルトはつづいていました。フルートは、どうやら、二ひきがかけこんだ家の中からきこえていました。

二人《ふたり》が耳をそばだてていると、まどから白い顔がのぞき、その横にもう一つ、小麦色の女の子の顔がならびました。

―あ、き、きみの家かい、ここ……。

ひろしくんが大声をあげ、みつるちゃんが、にっとわらってうなずきました。
—じゃあ、ウラシマもモモタロウも、きみんちのかい……。
みつるちゃんが、またうなずきました。
—なんだよォ……。
ひろしくんがくやしがりました。
—どうして？
みつるちゃんの横の女の人が口をききました。
—ほえるねこってきいたから、さらっちゃうつもりだったんだ。
ひろしくんは、はっきりしています。
—できるものなら、どうぞ。
おもしろそうに、その女の人がいいました。
—姉です。
みつるちゃんが紹介《しょうかい》しました。
—ほんとに、いいかい？
ひろしくんは挑戦《ちょうせん》を受けるようすです。あつしくんは、はらはらしていました。
—どうぞ。
—ウラシマは、フルートがすきですか？

やっと、あつしくんが口をはさみました。

—ええ。でも、口笛じゃだめ。ずいぶんおじょうずだけど。

おねえさんは、ひろしくんのほうをむいたまま、つづけました。

—よぉし、じゃ、みごとさらってもいいんだね。

ひろしくんは、かっとしたようすです。

—どうぞ。

おねえさんがくりかえし、おじぎして、まどをしめました。

—いまにみろ。ほえるのはねこだけじゃないぞ。

ひろしくんが、やくざのおにいさんみたいな口をききました。「口笛フルートじゃ、だめ」が、腹《はら》にすえかねたようすです。いまにみろ、はウラシマさらいだけでなく、フルート修業《しゅぎょう》のほうでもだぞ……と、ひろしくんはじぶんにしっかりいいきかせたつもりでした。

あつしくんのいることなどわすれたみたいに、くるんとまわれ右をすると、あとも見ずに、林の道のほうへ歩きだしました。

あつしくんは、思いがけないなりゆきに、すっかりうろたえて、だまってひろしくんのあとをおうばかりでした。

みつるちゃんのおねえさんがふくヘンデルのフルート・ソナタの美しいメロディーが、そんな二人《ふたり》をおいかけましたが、二人ともそれぞれに頭がいっぱいで、ヘンデルなんか一小節もきこえませんでした。

8　フルートと子ねこちゃん

ひろしくんは、女の子ねこちゃんの声をテープにとり、そいつをカセット・テープにおさめてウラシマをさそいだし、そのうえでウラシマを手なずけたでしょうか。とんでもない。ひろしくんは、もともとそんなまわりくどいことなど大きらいでした。だいいち、ウラシマをさそいだすのに、フルートよりも女の子ねこちゃんの声を、というふうに考えるくらいです。それを、こともあろうに、かんじんのウラシマの持《も》ち主《ぬし》であるみつるちゃんのおねえさんに挑戦《ちょうせん》されたのです。のんびりといろいろためしたりしている場合ではありませんでした。

テープの声はどんなにうまく入れたところでテープの声にすぎません。相手が生きものである以上、それではたよりない。ひろしくんはだんぜん、ふんぱつすることにしました。生《なま》の女の子ねこちゃんを手に入れることにしたのです。ウラシマなんて名前をもらっていても、本人――いや、ウラシマくん自身は、まだ若《わか》いねこです。かわいい女の子ねこちゃんに、ひかれないわけはない、というのがひろしくんのりくつでした。

ひろしくんは町じゅう走りまわりました。――じつは、目を皿にして歩きまわりました。

そうして気をつけてまわれば、町のあちこちに、小さなはり札《ふだ》を見つけるのは、そんなにむずかしいことではありません。小さなはり札、つまり――、

「とてもかわいいねこの子あげます」

というやつです。

そこをたずねて、見せてもらう。とりわけ、女の子ねことというと、相手はにこにこしてしまいます。オスの子ねこならともかく、メスの子ねこをもらおうというありがたいお客さんなど、めったにありませんから、とてもだいじにされました。目的の女の子ねこちゃんは、よりどりみどりでした。

ひろしくんは何日もかかっていくつもの町を歩きまわり、とにかく人間のじぶんから見ても、ほれぼれするような女の子ねこちゃんを見つけだしました。もちろん、人間の目から見てすてきな女の子ねこちゃんが、ねこの目から見てすてきかどうかは知ったことではありません。そこはもう、「かけ」みたいなものでした。

ひろしくんはその女の子ねこちゃんを手なずけました。こちらはとにかく生きるのにせいいっぱいですから、たべものでしこめば、いくらでもなつきます。ひろしくんは、ふだんのひろしくんの十倍も根気《こんき》よくやさしく、子ねこちゃんをしこみました。そして、上等の、シャムねこを飼《か》う人がするように、その子ねこに首輪をはめ、皮ひもをつけて散歩させました。

そんなやりかたが、まわりの人たちになにかいわれずにすむわけがありません。ひろしくんは、にらまれ、いやみをいわれ、わらわれました。けれどひろしくんは平気です。大きな目的の前に小さながまんはあたりまえのことと、大きくかまえていました。いまにみろ、フルートと子ねこちゃん、どちらもちゃんとしてみせてやらあ……。

何週間かがすぎました。

ひろしくんはおなじ調子で子ねこちゃんを〝調教《ちょうきょう》〟しました。ひもをつけられ、外を歩かされる――といった、およそふつうのねこにとってはがまんできないことが、子ねこちゃんには、ごくふつうのことになっていきました。子ねこちゃんは、子犬みたいにいそいそとひもつきの散歩をたのしみ、子犬のようにとびはねて町を歩き林をとおりすぎるようになりました。しめしめ、あとひといきだぞ、とひろしくんはじぶんをはげまし、子ねこちゃんの調教に心をくだきました。

＊

そしてある日、ウラシマは、林のすぐそばをのんびり散歩する子ねこちゃんのあとをおってかけだし、相手が人間のひもつきだとは知らず、ひもの片方《かたほう》についている子ねこちゃんによりそい、つき歩き、歩きつづけて――とうとうひものもう片方についていた人間の思うつぼにはまってしまいました。ウラシマは子ねこちゃんのねむる家で、つまり、いうまでもなく、ひろしくんの家で寝泊《ねとま》りするようになったのです。

モモタロウがそのことに気づかぬわけはありません。そのすばらしい鼻の力にものいわせて、ウラシマの行方《ゆくえ》、すなわちひろしくんの家にやってきました。

けれど、ひろしくんはモモタロウのあつかいかたは心得《こころえ》ていました。モモタロウがひろしくんの家に顔を見せたとき、ひろしくんは、いかにもすまなそうな声でこういえばいいだけでした。

—やあどうも。ウラシマさんは、ここのくらしにとても満足されてます。ほんとです、モモタロウさん。

わかりのいいモモタロウは、そのことばと、それになによりも子ねこちゃんとののんびり日なたぼっこしているウラシマを見て、しずかにすがたを消しました。

すがたを消したウラシマに、みつるちゃんのおねえさんは、すっかりあわててしまいました。林の中に、ときならぬ時報《じほう》が、つまり、夕ぐれどきも朝もない、

—ウラシマアアア!

がひびきわたったのは、いうまでもありません。

けれど、ウラシマはあらわれませんでした。おねえさんは、ウラシマがよくききほれていたフルートを、せいいっぱいふきました。それでもおなじこと。ウラシマはフルートより子ねこちゃんをえらんだのでした。

さっしのいいおねえさんは、じぶんの負けをみとめて、妹にひろしくんの家の所番地《ところばんち》を

たずねました。おねえさんが白旗《しらはた》がわりに特製《とくせい》のケーキの包みを持ってひろしくんの家にあらわれたとき、玄関《げんかん》できいたのは、二ひきのねこをよぶ、ひろしくんののんびりした声でした。

—ウラシマ、おいで。オトヒメがまってるよ。

オトヒメだって、うまい名をつけたこと……と、おねえさんは感心し、オトヒメなら、ウラシマがここにくぎづけにされたのもむりはないと、にがわらいしてしまいました。

そして、オトヒメをひと目見たおねえさんは、ひろしくんに完全に負けたことをみとめずにはいられませんでした。できたてのパンのようにふうわりとまっ白いオトヒメは、女の目から見ても、ほんとうにほろりとするような女の子ねこちゃんでした。おねえさんは、だまってオトヒメをだきあげてほおずりしてしまい、ウラシマははじめてご主人に、

—にゃおおん!

と、ほえつきました。

ひろしくんは、気前よくオトヒメをおねえさんにさしあげました。ウラシマはオトヒメといっしょに、いそいそとなつかしの林のわが家にもどっていきました。

夕暮れにはじまる――おしまい

ひろしくんが、オトヒメとウラシマのいきさつを、あつしくんに話しても、あつしくんは本気にしませんでした。

あつしくんのほうは、家ではねこについてのあらゆる〝実験〟はできませんから、まず親せきや知りあいでねこを飼《か》っている人たちをまわって、どんなピアノ曲がねこをひきつけるか、たしかめはじめたところでした。

けれど、オツケモノがすきなねこだとか、カチグリがすきなねこだとか、花のタネに目がないのだとかいうふうに、たべものについてのかわりだねはいました。また、テレビを見てあきないねこだとか、時計の音がすきで、一日じゅう目ざましの横で寝《ね》そべっているのだとかいうのも見つかりましたが、ねこのすきなピアノ曲は、さっぱりけんとうがつきませんでした。

それなのに、そのわずかなあいだに、ひろしくんはウラシマを手なずけ、おねえさんを降参《こうさん》させ、モモタロウとすっかりなかよしになったというのです。フルートは、そのちっぽけなねこにかなわなかったのでしょうか。くやしくなったあつしくんは、

――でもさ、フルートは使わなかったのかい。

負けおしみみたいにそういってやりました。が、ひろしくんは平気で、片目《かため》をつむり、

—フルートを使うのは、これからさ。

というのです。

—まだなにかやるつもりかい？

—もちろん。これからは毎週たのしみさ。

—毎週？　なにが？

あつしくんの胸《むね》の底をいやな予感が走りました。

—教えてくれよ。

—いいとも、ついてくるかい？

ひろしくんは教室をゆっくり見まわしました。

（もしかしたら、みつるちゃんのことを……）

あつしくんは、また胸がどきんとしました。

さいわい、みつるちゃんはいませんでした。それであつしくんはひとすじののぞみをもちながら（どうか、そうではありませんように……。まさか、このひろしくんが、みつるちゃんと……）、ひろしくんと放課後の運動場へおりていきました。いつものおもて門とちがって、ひろしくんは、遠まわりのはずのうら門へさっさと歩いていきます。あつしくんはだまってついていきました。

うら門をでたすぐ横に、なんと、モモタロウがちゃんとすわってまっていました。モモタロウばかりではありません。その足もとにウラシマのやつがすましてすわっており、それにぴったりよりそうように、まっ白い子ねこちゃんがすわっているではありませんか。

—あの、これ、いったい……。ねえ……。

あつしくんは、ことばがまとまってでてきません。

—紹介《しょうかい》します。こちらがオトヒメ。

—オトヒメ?

—ああ、さっき話したウラシマのガール・フレンド。

ひろしくんは説明し、まるで三びきの主人であるみたいにおちついてあいさつしました。でむかえごくろう……といったようすです。あつしくんは、あっけにとられて三びきと一人《ひとり》をながめていました。

—さ、つぎはフルートの説明だ。ついてくるかい?

あつしくんはこくんとうなずくと、ひろしくんとならんで歩きはじめました。三びきはウラシマを先頭に、モモタロウがうしろから二ひきを見守るかっこうで、どうどうと道のまん中を歩いていきます。どんないたずら坊主《ぼうず》でも、このコーヒー色のでっかい犬を見ては、前のねこをからかう気はおこさないでしょうし、もしそんな気をおこす勇ましいのがでてきても、先頭のウラシマのひとほえで、たまげてしまうにちがいありません。

＊

二人《ふたり》と三びきは、なつかしい林の道にさしかかりました。林のむこうに、みつるちゃんの家が見えます。

そのとき、林のはしっこに、小さな人かげがあらわれたかと思うと、かたことかたこと、はずんだ音をたてながら、二人と三びきのあとをおいました。その女の子は、手にもった銀色の棒《ぼう》をふりかざしながら、すんだ声でよびかけました。

—ひろし、くうん！

モモタロウがびくんと立ちどまり、ウラシマとオトヒメも立ちどまりました。ひろしくんがゆっくりふりかえり、

—よおお。

そこでおいついたみつるちゃんをあつしくんにこう紹介《しょうかい》したのです。

—こちら、みつるちゃん。ぼくのガール・フレンド。そしてこれからはフルート友だち。

あつしくんは、ぽわんとした顔で二人を見つめ、みつるちゃんの持っている銀色のフルートにまぶしそうに目をやると、

（「将《しょう》」ヲ射《い》ントセバ馬《うま》ヲ射《い》ヨ、なんて、うそさ。射るのは馬でなくて、子ねこちゃんじゃないか……）

と、胸《むね》のおくでぼやいていました。

二人《ふたり》と三びきが歩きだしても、あつしくんはまだぼんやり立ったままでした。

—ただいまァ。

—にゃおん。

一人《ひとり》と一ぴきがあいさつし、まどがあいて白い顔がのぞきました。

—いらっしゃい。

おねえさんはひろしくんにあいさつし、どうぞ玄関《げんかん》からあがってください……、というのが、あつしくんの耳にもきこえました。ひろしくんは「正式のお客さん」として、みつるちゃんの家にむかえられたのです。

—ここでフルート習うことにしたんだ、前の先生にわるいけどさ。

ひろしくんは、ちょっと気まりわるそうにあつしくんに説明しました。

—みつるちゃんも、いっしょにねえさんに習うことにしたんだ。あつしくんもどうだい？

—……ぼくが？　フルートを？

—わたしもはじめてよ。

みつるちゃんが、はじめてあつしくんに声をかけてくれました。

—……い、いいよ。

—よかった。

みつるちゃんが小声でつぶやきました。みつるちゃんにしても、もうだいぶ進んでいるひろしくんといっしょは、ちょっとつらかったのです。その小声をきいたとき、いまのいままで（いいよ。ぼく、えんりょするよ……）だったあつしくんの「いいよ」が、（いいよ。ぼく、家でたのんで、だんぜん、フルートを習うぞ……）の「いいよ」にかわっていました。

ひろしくんは二人《ふたり》のそうしたこまかなやりとりなどちっとも気にとめないようすで、

—あつしくん、きょうは見学だけでもどうだい？

と、さそってくれました。

—どうぞ。

みつるちゃんとおねえさんもいっしょにいってくれ、あつしくんはよろこんで玄関《げんかん》へまわりました。玄関ではモモタロウとウラシマとオトヒメがそんなあつしくんをむかえてくれました。あつしくんは片目《かため》をつむってみせ、ウラシマくんもひょいと片目をつむったみたいな気がしました。

（三人と三びきか。女の子が一人《ひとり》というのもおなじだな……）

あつしくんはそんなことを考えながら、ふかふかの草色のじゅうたんがしきつめてあるおねえさんのへやにはいっていきました。

＊

玄関《げんかん》に寝《ね》そべった三びきは、やがてきこえてきたおねえさんのフルートのメロディーにゆっくりと目をとじました。子ねこちゃんが、もこもこ動いて、ウラシマくんのおなかに頭をのっけました。モモタロウはそんな二ひきをちょっとながめ、せきばらいでもするように、

―ウホン。

小声でほえました。

夕暮《ゆうぐ》れがゆっくりと林の中にひろがり、そのしっとりした空気の中に、フルートのすみきったメロディーが、高く低くうたいつづけていきました。

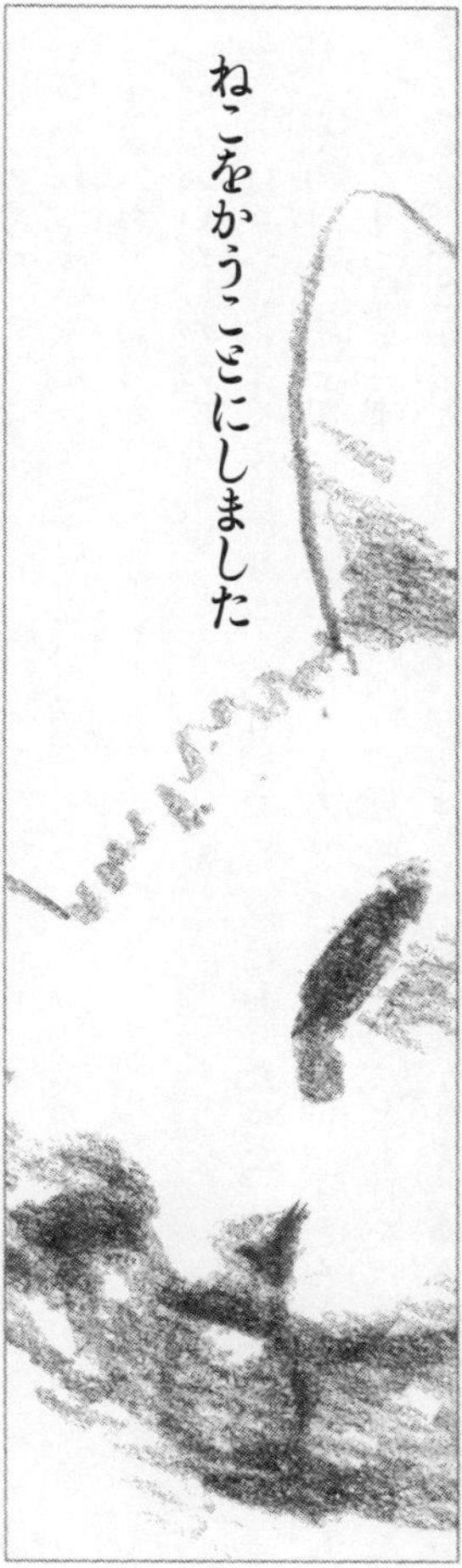

ねこをかうことにしました

　ひとりでるすばんさせられて、雄二《ゆうじ》はちょっぴりたいくつしていた。やくそくのじかんになっても、兄ちゃんの健一《けんいち》がかえってきてくれないせいもある。ふたりだと、いっしょにやりたいことがいくらでもあった。

　そんな雄二のきもちを見こしたみたいに、そのねこはすがたをあらわした。

　そのねこが初めてすがたを見せたとき、すぐにだれかににてる、と雄二は思った。顔が、というよりも、ものごしが、である。ものごしというむずかしいことばも、ねこを見ていてひとりでに思いだした。母さんがときたま口にすることばだった。

　くびわをつけていないし、白い毛もかなりよごれているので、まずはのらにちがいなかった。それが、いかにもおっとりしているのである。せまいみぞでも、よっこらしょとかけごえをかけないととべない人がいるように、そのねこもかなりぶきっちょらしかった。うら庭のへいに手をかけたまま、しばらくぶらさがっているのである。なんとかのぼろうとしているらしかった。はずみをつけて、ひょいとのぼればよいのに、それがうまくやれないものか、どてどてと、へいにはらをうちあてているのだ。

(よっぽどふとっているのかな?)

と、雄二は思った。ところがやっとのことで、ののっと顔をだし、からだもなんとかひっぱりあげたところで見れば、そうではなかった。ふつうのからだつきだった。雄二と目があうと、そいつは、

——……ううう、なぁーお。

と、てれわらいみたいなこえでないた。

(ままま、おてやわらかに……)

とでもいいたげなのである。

そいつは、へいのすぐそばのサルスベリづたいに庭におりたった。こんどはかなりうまくやってのけた。そして、ピンクの花びらがちりしいたところに、すとんとこしをおろした。ゆっくりと庭を見まわし、サルスベリを見あげ、雄二のことも目をほそめてながめた。あとはもう、そこがもともとじぶんのいばしょだといわんばかりで、ゆるゆると毛づくろ

いにとりかかった。そのうしろすがたに、雄二はだれかを思いだそうとして——思いだせなかった。でもなんだか気にいった。

そこへかえってきた兄ちゃんがきいた。

—おや。あれ、もらってきたの？

—ううん。べつに。

—べつにったって、あれ、まるでうちのねこみたいじゃないか。

—兄ちゃんにもそう見える？

—見えるとも。まる見えだ。

兄ちゃんはちょっとおかしないいかたになった。するとねこが、すっと兄ちゃんをふりむいた。大きなみどりいろのきれいな目で、ちろとながめやり、ちっとあたまをさげた（ように、兄ちゃんには見えた）。兄ちゃんは、なんだかあわてて、

—だからってべつにおいだそうってんじゃないよ。なあ、雄二……。

兄ちゃんは弟にたすけをもとめた。

—……そりゃもう……。

雄二はこのねこのことが気にいっていたから、こたえに力がこもった。するとねこは、くるんともとのかっこうにもどり、毛づくろいをつづけだした。ふたりとも思わず顔を見あわせてしまった。ことばがわかるのかしらん？　目と目でそういいあっていた。

ねこはそんなふたりにしらんぷりで毛づくろいをやっとすませると、せなかをまるめて目をとじた。まったくおちついたものである。

―このまますみつくつもりだぞ。

兄ちゃんがこごえでいったが、ちょっとおびえてるみたいだった。するとまたねこが目をあけると、なああん……とないた。おわかり？ とでもいっているように、雄二にはきこえた。

―そのつもりらしいよ。

雄二がそういうと、兄ちゃんはきみわるそうに、おまえ、いつからねこのことばがわかるようになったんだ……とささやいた。

そのとき、おもてで、

―はらくぅぅん……。

と、だれかのこえがした。

―あ、小津君《おづくん》だ。おれ、ちょっとでてくる。

兄ちゃんは、おおいそぎでまたでていってしまった。雄二はまたひとりになった。

けれど雄二はもうたいくつなんてしていなかった。このねことなかよくなりたい、母さんにいって（母さんはねこがあんまりすきじゃなかった）なんとかかってもらうようにしたい、それからこのねこに名をつけてやりたい……と、したいことだらけになっていたからだ。とにかく、まず母さんだ。いったいどういえば、かうことをしょうちしてくれるだろうか。

そう思いながらねこを見た。ねこはいつのまにやらねむっていた。それもよこむけになって、そっとからだをのばしていた。ひんがよくて、なんだか――そう、おくゆかしいな、もしかしたらあれ、女のねこかな……と雄二は思ってしまった。

そのとき母さんが、ただいま……と、いつものこえをかけて、かえってきた。すぐにこちらへやってくるあしおとがした。雄二になにかいおうとして、庭のねこを見つけ、

――ま。

と、口をおさえた。

どこからきたの？　いつからなの？　どこのねこ？――ねこを見かけたらきまってとびだす母さんのせりふが、ひとこともでないので、雄二はおどろいて母さんを見た。

――……なんていうか、そ。エレガントよね。

母さんはそれだけいった。

――？

雄二はわけがわからず、ぽかんと母さんの顔を見つめていた。

――なにしてんだい？

いきなりうしろでこえがして、ふたりがふりむくと、おじいちゃんがわらっていた。母

さんが目顔《めがお》で庭のねこをさした。おじいちゃんが、おンや……という目でながめやったとき、ねこが、ゆっくりとふりむいた。みどりいろの目で三人をじゅんに見ていった。

（ま、どうぞよろしゅう……）

といってるみたいだった。おじいちゃんは、しげしげと――いや、ほれぼれとねこを見つめ、

―や、これはどうも……。

と、まるで人間の女の――それもとても美しい人にするときの顔になってあいさつした。ちょっとあかくなっているみたいだった。雄二は思わず、どうしたの、おじいちゃん？ときいてしまった。

―いや、そのう、あちらさんは、それ、せっちゃんじゃないか。

―せっちゃん？

雄二はそんな人の名をしらない。

―しってるじゃない。おじいちゃんのおへやにブロマイドがはってあるでしょ。おばあちゃんがなくなって三年目に、もうはったっていいよねって――おっしゃって……。

―あ。思いだした。その人のでてるえいが、おじいちゃんがビデオで買ってきて見せてくれたんだ。あの女の人のこと？

―あ、うむ……。

おじいちゃんがうなずいた。

—それならぼくもわかってた。なんだか初めから、しらない気がしなかったんだ。あのもの、いいのごしってだれかににてるって思ってたんだ。

—あのものごし？

母さんがつぶやいたとき、ねこはゆるりとおきあがり、またゆっくり毛づくろいをはじめた。

—せっちゃんにきめた。うちのねこだよね。

おじいちゃんが母さんに、おねだりする男の子みたいなこえでいった。

それでそのねこは、うちのねこになったんだ——と雄二はときどきともだちにはなす。女のねこでね、せつこ、いっ、こってんだよ。

—はら君ちのせつこさんか……。

でも本人——いや、ねこのほうはまだじぶんの名をはんぶんしかしらない……。ところで、おじいちゃんとおないどしくらいのかたなら、あのせっちゃんの名は、ちゃあんとぜんぶごぞんじですよね……。

のびするノビタ

a

生まれたときから勝手気ままにくらしてきた。そりゃそうだろ。おれのことを生んでくれたおふくろさんも、いっしょにいてくれたのは十日ばかりで、あとは勝手気ままにどこかへいっちまった。おやじなんかもっと勝手気ままで、生みっぱなしで、顔も見たことがない。

だもんで、おれは生まれて十一日目から、なんとかじぶんでやってかなきゃ、のたれ死《じ》にするとこだった。死んでたまるか。せっかく生まれてきたんだ。おふくろさんといっしょだった十日ばかりは、目の前がほんのり明るくって、うれしいいろにいつもつつまれていた。「とき」いろっていったな。そんなむずかしいいろの名を知ってるのは、いまのくらしになったおかげだが、そりゃまあいい。

あとになって、そいつは桜草《さくらそう》の花だんにいたからだってわかったんだが、とにかくこう、ぽうっとうれしくって、あったかくって（春だったんだよな）、おふくろさんのちちもうまくって、こんなのがずうっとつづくんなら、生まれてきてよかったとおもったもんだ。どういうわけか、きょうだいはいなかった。だから、おふくろさんはひとりじめよ。

そんな毎日だったのに、そいつがいきなりぷっつりとうちきりよ。目をさますと、おふくろがいなくなってやがる。

なくしかなかった。なきわめいてやったさ。いやもう、こえふりしぼってないてやったんだが、だれもこねえ。目の前のきれいなときいろはかわらず、ぽかぽかとあったけえのもそのまんまだったのはめっけもんだった。でなきゃ、おれ、もうおちこんで土でもほりくりかえして、そン中へもぐりこんでってそれっきりになってたろうよ。

それにしたって、こえにもかぎりがあらあ。かれっちまってヒイともニィともでてこねえ。のどはからからになっちまう。おれ、あわてた。なんかのむもんはねえかって、地べたに鼻こすりつけるようにして、かぎまわりさがしまわったさ。

するといきなり、ぷゆんとしたもんにぶつかって、目をあげると、おふくろさんのちちとおんなじかっこうのでかいのがあったもんで、しゃぶりついた。すってみると、これがまたうまかったもんで、はらがくちくなるまですってすって、そのままことんとねむっちまった。どンくらいそうしていたかねえ。

なにやらいきぐるしくってむなぐるしくって、目をあけると、目の前に見たこともないやつらがうようよいやがる。おふくろさんみたいに丸い顔じゃねえし、においだってちがう。おれはおもわずあとじさりして、身がまえたさ。

すると鼻ン先に、いきなりどでかい顔が、のっとつきでてきやがった。鼻がとがってて、口だってでかい。それが、おれをくわえあげると、さっきいたとこへやんわりもどしてくれた。鼻で、まわりのれんちゅうをつんと押しのけ、おれの「いばしょ」をちゃんとつくってくれたんだ。おれはおおいばりでまた、目の前のちちにしゃぶりついてやった。

そのどでかいのが、おふくろさんがわりになってくれたってわけよ。あとでわかったんだが、桜草《さくらそう》の花だんのある家でかわれてるグレーハウンドとかいう犬だったんだな。

気のいい犬だったよ。じぶんの子どもと、なんのわけへだてもなしに、おれのめんどうをちゃんとみてくれた。

っても、ま、ひとり歩きができるまでのことだがよ。ひとり歩きができるようになると、むろんのこと、おれはさっさとその犬ンとこをおン出ちまったもんでね。きまってるだろ。おれは犬じゃねえんだもんな。

b

ま、この東京って街にゃ、猫《ねこ》の子一匹《ぴき》くらいが身をかくすとこなんぞ、いっくらでもあるさ。なんとか生きてける食いもんだって、さがしゃ見つかるもんよ。二、三日食うや食わずってこともよくあったが、どうってこたねえやな。だからよ、子どもンときのこたあ、くだくだしく話す気はねえ。

猫なんて、人間ってやつにくらべりゃ、ずんと早いとこ一人前にそだつもんだしな。おまけに犬のちちでそだったおかげかね、おれ、あしこしはしっかりしてるもんな。がらこそちいさかったが、ちっとやそっとでけんかなんかに負けるもんじゃなかった。

おれが負けそうになったのはよ、あの、ノミってやつだ。いンやもう、まいったな。おれは長いことノミなんてやつのこた、知らなかった。それだけにこう、いきなりびっしりまとわりつかれたのにはまいったぜ。

たぶん、あのころつきあってた、まっ白でふかふかのお嬢《じょう》にたかってたのが、おれにのりかえやがったんだ。なにも知らんおれは、なんだかからだがぐずぐずするなくれえで、すましてた。そのまにノミのやつ、ふえてやがったんだ。せっかく気もちよくねむってたのに、いきなりとびあがっちまったほどだった。

からだじゅうがかあっとあつくなるってのか、いや、そう、いつか火のきえのこったタバコをふんづけてとびあがったことがあったが、そのタバコの火ってやつを、からだじゅうに、ちちちちち……と押《お》しつけられたみたいでよ。

初めてだったもんで、どうすりゃいいかわかんねえ。身ぶるいしようが、木にかけのぼろうが、ころがりまわろうが、ちっとばかかきむしってやろうが、からだじゅうのいがいがいらいらはきえてくれん。

おれはそのころねぐらにしていた「くらしのてちょーしゃ」とかいったとこの裏庭《うらにわ》から、バッタみてえにはねだして、そのあたりの裏通《うらどお》りを、じたばたぴょんぴょんとび歩いたさ。なんとかしてからだじゅうでちかちかしやがる火のやつを消したかったもんでな。もう横っとびのネズミ花火よ。

するとな、おれたちがアザブジュバンって呼《よ》んでるあたりを「なわばり」にしてるヌーボーって猫《ねこ》のやつがとびだしてきて、はらをかかえて大笑いしやがんの。なんだよって立ちどまると、

—お前たらまるで、こないだテレビで見たベローシファカってモンキーそっくりよ。

だと。なんだよ、それ。そいつ、よくテレビ見てやがんだよ。それから、

—あわてなさんな。そりゃ、ノミにとりつかれただけさ。

って、いいやがる。

──知らねえのか。こりゃまたノラにしちゃめずらしいやつよ。

──ノミだと？

──ノラだと？

──ま、いいじゃねえか。人間どもがそう呼《よ》ぶんよ。

──ふん。それよか、ノミってなんだ？

──ノミを知らなかったたあ、しあわせもんよ。ムシよ、虫。こまいやつでな、うっかりとりつかれると、とりつくすのがおおごとよ。とるよか、ふえるほうが早《はえ》え。

──な、なんだとォ。

ぞくっとしたな。とんでもないやつらにとりつかれたらしい。あのお嬢《じょう》め……。

──ははあ、その顔は、だれかをうらんでるな。ふうむ、あのお嬢か……。

やつは、いろいろとくわしいんだ。

──あれなら、このあたりにゃもういねえよ。それよか、人間とうまくつきあって、クスリでもぶっかけさせるしかねえぞ。

（まっぴらだよ。あいつらは、おれたちを「飼《か》ってやる」だなんてぬかしやがる。だまってこちらの世話するんならべつの話だがな）

おれのしかめっつらをしりめに、ヌーボーめ、あっさりと姿《すがた》をけしちまいやがった。

C

しかたがねえ。おれはからだじゅうのちかちかいらいらをじっとがまんして、生まれて初めて、このあたりにくらしている人間を見てまわってやったのよ。

ここいらにゃ長いから、いろんなことは知ってた。人間に「飼《か》われてる」れんちゅうのことも知ってら。こんだ初めて気ィいれて見ていったが、どいつもこいつも気にいらねえや。こちらがおろおろまごまごしながら「飼ってもらう」のはごめんだし、つんつんしながら「飼ってもらう」のも、おことわりだ。だまってこちらの世話してくれりゃいいんだ。ところがそんなふうにくらしてる猫《ねこ》なんて、まずいねえのよ。いろいろと考えさせられたぜ。

そりゃま、おれのことだからいいんだが、おれにとっついたれんちゅうのうるせーことったらもう。たまんねえよ。ヌーボーのやつがいいやがったように、どうやらもぞもぞふえていきやがるらしいしよ。おれも、さすがに、あせってきた。だが、いいかげんなとこで手は打ちたかねえ。

なんて、つっぱりながら、いじはりながらうろついてて、ふいと気がつくと、ビルン中ちゅうのに、草もしょぼしょぼはえてる庭みてえなとこにいたんだよな。

目の前のガラス戸のむこうに男がひとり、机《つくえ》の前にすわってるのが目にはいった。手をうごかしてなにやらしている。おれが、ノミのやつらのおかげで、がまんしきれずに、からだじゅうかきむしったり、ころがったりするのに、ちっとも気がつきやがらねえ。おれはおもわずかっとなって、ガラスをひっかいてやった。この音が人間のいちばんいやがるもんてことは、とうに知ってらあ。

—おやあ。

その男はのんびりいってようやく立ちあがった。戸をあけておれをじっと見ると、

—なんだかかゆそうだったよね。どうしたのかな？

って、ひとりごとみたいにいうんだ。ちゃあんと見てやがる。

—きまってるじゃあねえか。みりゃわかるだろ。ノミだノミだノミだよ。

と、わめいてやったのに、その男ときたら、

—ほう。あんがいいいこえをしてるじゃない。

だと。見当はずれもいいとこよ。なにもお前のために唄《うた》ってんじゃねえや。

—はいる？

おう、はいってやろうじゃないか。

はいってやると、なんだか鼻にかかったこえで誰《だれ》か唄ってるのがきこえた。これじゃ、さっきの、ひっかきのキイキイもきこえなかったはずだ、ふん。なんだいこれ？　の耳に

なったのを、男はちらと見てとったらしく、

—これはセルジュ・ラマのシャンソン。気にいった?

って、またひとりごとみたいにききやがる。そんないいかたしなくても、こちとら、人間のいうことくらい、半分はわかるようになってらあ。で、よ、

—うんにゃ。

と返事してやると、

—あまり気にいらないみたいね。そう。

っていうだけで、べつにとめるわけでもない。唄《うた》ぐらい、ま、いいや。子ども《ガキ》やら、口うるさい女がいたりしちゃ、たまったもんじゃねえけどよ。男はまた机《つくえ》のとこへもどった。おれはまたからだじゅうがむずむずしてきたが、男がなにやら仕事中におもえたので、じっとがまんすることにした。ラマとかいう男のこえだけがしずかにながれてた。それなのに、

—……う、ぎゃん!

ノミのやつらがいっせいにかみやがったもんで、おれはおもわずこえをあげちまった。

—おや、やっぱり……。

男は立ちあがり、おれのとこへやってくると、背《せ》に指をいれ、つるるるとうごかすと、

—やっぱりノミだ。それもかなりの数のノミだァ。ノミだったァ。

だと。

d

—こちら？　ノビタっていうんです。

そのあとずっと、男は、その部屋にやってくる人間におれの名をきかれると、そう答える。

—ノビタ？　めずらしい名前ですね。何語かなあ……。

などといっても、男はとりあわない。ノミだ！　がなまってノビタになったなんていうと、おれがきずつくって知ってるからだ。そんなとこが気にいって、おれはその男に世話をまかせる気になったんだ。てったって、そこでくらす気なんてない。気がむいたときに、その前庭にはいりこんですわってやる。そんなおれに気づくと、男は、いつも、

—はいる？

初めてのときみたいにいい、おれも気がむくと、だまってはいってやる。男はたいていひとりでいて、ひっそりすわってなにやら仕事している。

ノミは、初めてきたときにていねいにとってくれたから（いやその手つきのいいのと、こんのいいのにはびっくらした。だからおれ、その男はこんのいる手仕事をしてるってお

もった)、そのあと一匹《ぴき》たりともくっつけないようにしている。おれにたいする、あのときの男のてまひまかけた「仕事」っぷりにたいする、それが「仁義《じんぎ》」ってもんだくらいは、おれにだってわかる。

男は、おれのすきなものがすこしずつわかるようになってきて、なにかとよういしているらしく、

—食べる?

ってきいてから、ていねいに食事のしたくもしてくれる。おれがゆっくりいただいていると、男は仕事にもどっている。いつか食べたあと、男の机《つくえ》の上にのってやると、紙をひろげてなにやら描《か》いていた。それが「絵」というものだくらいは、おれだって知ってる。そのあと、できるだけ気をつけて、いろんなところで「絵」というやつを見るようにしているが、男の描くやつが一ばん、おれには気にいってる。あるとき、あの「ときいろ」に絵をぬったもので、おれはすっかりコーフンしてしまい、ぬったばかりのところをぺろぺろなめちまった。なにしろ、おふくろさんといっしょだったときの思い出のいろだもんな。

男はあきれたようにそんなおれのことを見ていたが、

—舌《した》がときいろになっちゃったね。

って、おかしそうにいっただけでべつにおこりもしなかった。そのあとまた、ぬったばかりの絵の上がつめたそうで気もちよさそうだから、どんとすわってやって一枚《まい》、めちゃ

めちゃにしたときにも、おこらなかった。

—ニュートンだって、何年もかけた『光学《こうがく》』って大論文《だいろんぶん》の原稿《げんこう》を飼犬《かいいぬ》に燃《も》やされてもおこらなかった。ローソク台をたおしたせいだったんだと……。

って、いつものように、ひとりごとみたいにいっただけだ。そんなところも気にいって、おれは少しずつ長く男の部屋ですごすようになった。ときには、男がでかけても「るすばん」をしてやるようにもなった。

ところで、あれはいつのことだったかな。おれが散歩につかれて庭にやってきたとき、男はすぐに気がつき、

—はいる？

ときいてから、のそのそはいっていったおれをだいて、とんとすわらせると、

—あしをなげだして、らくにしたら？

っていうもんだから、そうしてやったさ。そしたら、

—ノビタだって肩《かた》がこるだろ。

てって、肩をもんでくれたぜ。こいつはおどろきだ。猫《ねこ》の肩もんだ人間ってやつにゃ、まだお目にかかったこたねえもんな。

そのときやってきていた若《わか》いきれいな女のヘンシューシャ（って呼《よ》ばれる人間が、やたらとやってくる部屋だった）が、そんなおれたちのことを見て、

―ま。先生がノビタの肩《かた》をもみはるやなんて！

と、大声をあげたから、人間にしたって、そんなの見るの、めずらしかったんだろな。

―いや、ノビタだって肩がこりますでしょ。

男は笑いもしないでいい、女の人は、

―それにしても、先生が、ほんまにもう……。

とかなんとかいってたから、男のことを「先生」ってとってもだいじそうに呼《よ》んでたから、男はもしかすると、おれの世話がかりにはぴったしのがい、いらかな……とおもったよ。

そしたら、もう少しちゃんとおれのことみてくれりゃ、「対《たい》」でつきあってやってもいいぜ、ともおもったな。

e

おれは生まれて初めて、おれのこと、いいらおれのことをちゃんと見ちまった。おれは白地に黒の粋《いき》なもよう、の猫《ねこ》で、ま、なかなかのもんだってことがよーくわかった。ほかの猫のこたあ、ずいぶん見てきたが、じぶんの姿《すがた》ってやつは、めったとおがめんぞ。

そいつをちゃんと見せてくれたのが、おれの世話がかりの「先生」と呼ばれるあの男で、それがなんと、おれのことを描《か》いてくれたんだよ。おれのことを描いた「絵」を見せてく

れて、

――これがノビタだけど、わかる？　ほら、ボードにアクリックとコンテとパステルで描《か》いてみたんだけど。

男は、そんなわけのわからないことをいった。絵は大きくて、おれの名のもとになったノミにとりつかれてとびあがっても、おどりまわってもだいじょうぶなくらいあった。

「絵」の中におれが四匹《ひき》いて、まん中のが一ばん気にいったな。いつものように、男の仕《し》事机《ごとづくえ》の上のスケッチブックにすわりこんですましてるやつ。あとのは、部屋のあちこちから、男のことをちらとふりむいたものだが、どれもこれも、目つきがきりりとしていて、おれらしいっておもえるんだよな。きっと、男がこうるさい音でもたてたもんで、

――しいっ！

といった目になって、おれがにらみつけてやったときのものだ。おれは長いことおれの「絵《え》」姿《すがた》を見ていた。男は、

――ふうん、気にいったみたいだね。

と、またひとりごとみたいにいうと、その絵を本棚《ほんだな》のところに立てかけてくれた。これだと部屋のどこからでも、おれはいつだっておれの姿を見ることができるし、庭からでも、なかまに見せてやることだってできる。

おれはさっそくヌーボーのやつをつれてきてやった。ヌーボーは口ほどにもなく気が小

さいもんで、外から見るだけといってたが、男がるすだったから、どのみち中へははいれなかった。ヌーボーはガラスごしにながめ、

―ふうう。ありゃなかなかのもんだぜ。

っていってくれた。

―というと？

―おれだって絵ぐらいいろいろ見てらあな。そんなのとくらべても、ってこった。

―そりゃ、モデルがいいからだろ。

―モデルって？

―おれのことにきまってら。

―なァる……ふん。いや、もう、こいつめ……。

ヌーボーは、ずいぶんとくやしそうだったな。ざまァみろってことよ。人間でも、ちゃんとしたのを見つけなきゃってことさね。

そんなこんなで、おれは男と「対《たい》」でつきあってやることにした。男のだいじな「絵」(とりわけおれのやつ)が、ネズミのやつらにかじられんように、部屋じゅうみてまわり、おれのにおいをたっぷりこすりつけ、そのあと台所じゃ、じゅうぶんにらみもきかしておいた。そのあとだって、男がかぎもかけずにでかけてたとき部屋にはいると、みょうなやつがいるのを見つけてかみついてやった。

——な、なんて猫《ねこ》だよォ……。

なんて、しつれいなことをわめきながら、そいつ、にげてきやがった。

てったって、そんなこと、男がいちいち知ってるわけがないさ。でもさ、「対《たい》」のつき

あいってそういうもんだろ。おたがい、じぶんにできることを、あいてにしてさしあげる

ってこったろ。それについちゃ、「貸《か》し借《か》りなし」なんだろ。

そんなこんなで、このごろは、たまにゃ男の部屋でとまってくこともあるし、気にいり

ゃ何日もくらすことだってあらあ。

男はあいかわらずひっそり仕事してるし、おれは一日中《じゅう》でもしっかり毛づくろいしてる。

おれの「絵」はずっと本棚《ほんだな》のとこにかざってあるが、ある日、ひるねから目をさますと、

男が、ほら——って、なにかさしだすじゃないか。見ると、おれがのんびりのびをしてる

姿《すがた》が、手早く描《か》かれていた。

——のびするノビタ、ってとこだけどね。

男はちょっとうれしそうにいい、

——少しはここにもなれてくれた？

だと。

——ナーオ……。

結構《けっこう》結構って返事してやったら、

――似《に》てないってのかなあ？

だと。せっかく「対」でつきあってやってるのに、この男、まだおれの気もちがちゃあんとわかってないんだ。ま、人間だもの、しかたないか。しかたねえ。ゆっくりたっぷり時間ってやつをかけてつきあっていくとするかって――とこなのさ……。

ああ、トージョーはん

本篇《ほんぺん》は『ぼんぼん』という長篇のうちの25章と32章。あのいくさの始まった昭和十六年から大阪大空襲《おおさかだいくうしゅう》をヤマに、ある一家の戦争による崩壊《ほうかい》と再生《さいせい》が描《えが》かれる。猫《ねこ》のトージョーはんも象徴的に重要な登場「人物」のひとりである。

さてその生きざまと死にぎわは……

ああ、トージョーはん

1

灯火《あかり》を黒布《くろぬの》でおおわせ、着物をもんぺにかえさせ、門松《かどまつ》を火叩《ひたた》きととりかえさせ、パーマネントを禁止《きんし》し、ジャズを演奏《えんそう》させず、建物を戦車で強制疎開《きょうせいそかい》させることができた「力」も、花が咲《さ》くのを止めることはできなかった。

京の社《やしろ》や寺は、それぞれに花をもち、花は季節ごとにきっぱりと目ざめて蕾《つぼみ》をつけ、花開いた。そして京には、それをちゃんと心得《こころえ》ていて、戦時下《せんじか》といっても、椿寺《つばきでら》のたっぷりした紅白《こうはく》の椿、北野天神《きたのてんじん》さんの梅《うめ》、円山《まるやま》のしだれ桜《ざくら》、大田《おおた》神社のかきつばた、西芳寺《さいほうじ》の苔《こけ》、地蔵院《じぞういん》のわびすけに竹……と、ひっそりと見にでかける人たちがいた。

恵津《えつ》ちゃんのとうさんも、そうした大人《おとな》の一人《ひとり》だった。

そんなとうさんのことを偲《しの》んで、かあさんと恵津ちゃんは、とうさんが軍隊にとられたあとも、おりにふれてそうした花の寺をたずねた。——

けれどことしは、そのどこへもでかける気力がなかった。いやなことを聞いてしまったからである。

とうさんの昔の同僚《どうりょう》が、〝記者の早耳《はやみみ》〟によって、とうさんが〝南の〇〇島〟へもっていかれたことを知り教えにやってきてくれた。それはよかったのだが、そうとは知らず、もう一人《ひとり》が、その○○島あたりへ配られた日本軍は、二度と帰れまい、と教えてくれたのであった。なにしろそんなちっぽけな島の者《もん》まで集めてまわる船がありませんからなあ……というのである。

かあさんは、恵津《えつ》ちゃんがその話を聞かなかったことをせめてものことと思ったが、花の寺をたずねて夫のことを思いおこす（にきまっていた……）つらさを考えると、でかける気もちを失《な》くしてしまったのだった。

恵津ちゃんのほうも、そうしたかあさんの気おちぶりを感じとり、それでいて、どうしてかその理由をたずねることもためらわれて二重に気もちがしずんだ。

そんなとき恵津ちゃんは家をそっと出て、上賀茂《かみがも》神社へ走った。神社の入口にすっくりと立っている杉《すぎ》の大木を見上げてじっとしていると、少しずつ気もちが晴れてくるからだった。恵津ちゃんにも、この木がすごしてきただろう長い長い時間のことがぼんやり想像《そうぞう》でき、

（いまのいやーなことも、いつか先になって、ふうっと拭《ぬぐ》い消されて、「昔のこと」になるんやろか……）

と考えるのだった。

そんなときの恵津ちゃんの少し青ざめた顔は、もう国民《こくみん》学校の女の子のものでなく、一人前の娘《むすめ》さんのものだったが、むろん、だれもそんな恵津ちゃんを見たことはないし、恵

津ちゃん自身も、そうした自分の顔を見ることができなかった……。

とにかく、二人《ふたり》にとって暗い正月であり、正月あけにふりつもった雪も、白いというより灰《はい》いろに見えてしまうような、長い冬だった。

それでも、北野さんのお花が咲《さ》きはりましたえ、美しおすやろなあ……といったことばが耳に入る季節になった。

そんなある日、風変《ふうがわ》りな〝御招待《およばれ》〟がまいこんだ。

ふだんあんまり来ることもない宝塚《たからづか》の従姉《いとこ》から、少女歌劇《かげき》を見にぜひぜひいらっしゃい、というものだった。生まれてから、そうしたものを一度も見たことのない恵津《えつ》ちゃんには、見当もつかずにめんくらった。しかし、もっとめんくらったことは、なんとかあさんが、いくといいと言いだし、かあさんもいくからと言ったことだった……。

—そやかて、四日いうたら、学校がある……。

恵津ちゃんが言いかけると、かあさんは平気で、さえぎった。

—風邪《かぜ》でもひきなはれ。

恵津ちゃんは、ぽかんとして、そんなことを言うかあさんの顔を見つめるばかりだった。

＊

かあさんにもかあさんの思い出がある。宝塚は、若《わか》いころ、とうさんと五年ばかり暮《く》らした土地だった。あそこの子授《こさず》け地蔵《じぞう》さんに願《がん》かけたから恵津ちゃんが授かった、とかあさんは思いこんでいる。噂《うわさ》だと、そのお地蔵《じぞう》さんは、いま、武運長久《ぶうんちょうきゅう》でうけてるらしかった。溺《おぼ》れる者はワラをもつかむ——気もちと、一度暮《く》らした土地だということ、それに、恵津《えつ》ちゃんに、一度あのはなやいだ少女歌劇《かげき》の舞台《ぶたい》を見せてやる機会だ——という三重の理由から、かあさんは、思いきったのだった。それに手紙によると、何でも〝最後の公演《こうえん》〟になるらしかった。

（まさか……）

と思いながら、それならよけいにこの〝最後の機会〟に——と、かあさんは考えたのだった。

三月三日、ひなまつりの夕方の汽車で、かあさんと恵津ちゃんは宝塚《たからづか》にむかった。恵津ちゃんはあしたから風邪《かぜ》で学校を休むわけだったから、阪急《はんきゅう》電車のように人目につくところはできるだけ避《さ》けようというかあさんの作戦だった。

そして、かあさんにはもう一つ、恵津ちゃんにはないしょの〝作戦〟があった。この際《さい》、思いきって大阪の小松《こまつ》はんとこへごあいさつにでかけとこうと思っていたのである。

2

日曜日の朝、洋次郎《ようじろう》は何かものたりない気もちで目をさました。洋次郎は水泳部のくせにたいそうな寒がりやで、まだ若いのに、湯たんぽ好きで、三月でも止《や》めなかった。そんな洋次郎にとってありがたいことは、あのふわふわの子ねこちゃんで——トージョーはんが毎夜、洋次郎の枕《まくら》のすぐ横で眠《ねむ》ってくれることだった。トージョーはんは上等の生きた首まきがわりになったのである。

そのトージョーはんがいないので、首すじがすうすう寒くて——洋次郎は目をさました。

（おしっこかいなあ……）

半分眠りながらぼんやりそう思ったが、首すじの寒さはかわらない。

（ほんものの東條大将《とうじょうたいしょう》は忙《いそが》しおますやろ、なんちゅうてもこの二月、参謀総長《さんぼうそうちょう》にならはったとこやし、炭坑《たんこう》や工場をのぞいて歩いてはるいうしなあ……）

洋次郎は、夢《ゆめ》うつつの中で、そんなことも思いうかべていた。

（そやかて大将に気がねして、トージョーはんまで忙しゅう出歩かんでもよろしおますやろ……）

洋次郎には、そろそろネコ族の恋《こい》の季節であることが分かっていないのである。生きた首まきだって恋もするし、夜歩きもすることを無視《むし》しているのはよくなかった。

トージョーはんがいないので気にしはじめると、足もとの湯タンポもすっかり冷えていた。

——トージョーはん！

洋次郎は起きあがり、窓《まど》を細目にひらいて呼《よ》びかけた。

けれど夜がすっかりあけても、トージョーはんは帰ってこなかった。洋次郎は洋《ひろし》をおこし、捜索《そうさく》の手伝いを依頼《いらい》した。二人《ふたり》は露路裏《ろじうら》から始めて、土塀《どべい》の裏道《うらみち》から、となりの邸宅《ていたく》との境《さかい》など、ネコ族のたむろしそうな場所をさがし歩いた。二人とも上等のカツオブシのしっぽをしっかり糸でしばりつけた「エサ」をひきずって歩いた。そして、こごえで、

—トージョーはん！

—トージョーはあん！

と呼ぶのだが、どうも工合《ぐあい》が悪かった。ことここにいたって初めて、洋次郎はネコの名付けに失敗したことを悟《さと》った。この名前はどうにも大きな声でふれ歩け呼び歩けるものでなかったのである。

けれど、声を出さねばトージョーはんに聞こえない。二人は顔を見あわせてためいきをついた。

—ぼんぼん。

うしろから呼びかけられてふりかえると、佐脇《さわき》さんが笑いながら立っていた。わたしも手伝いまひょ、というわけらしかったが、佐脇さんは平然と、まるで犬か子どもを呼びつけるように、

—トージョーはああん！

と、大声をはりあげたのである。兄弟がもう一度顔を見あわせるのをあとに、佐脇《さわき》さんはさっさと通りへ出ていって、また、

—トージョーはああん！

と、やった。兄弟はあわてて反対の小道へ入りこんで、ここえで、

—出てこんかいな、トージョーはん……。

と、ささやくのであった。カツオブシのしっぽはいつのまにか糸から抜《ぬ》けおちていた。それに気づかずとはいえ、兄弟は実に熱心にトージョーはんを探《さが》しつづけた。

＊

トージョーはんは思いもかけぬ人に抱《だ》かれて、兄弟の前に姿《すがた》をあらわした。恵津《えつ》ちゃんが抱いていたのである。

—いや、お嬢《じょう》さんの一声《ひとこえ》で帰ってきよりましたわ。

佐脇さんはあきれたように説明して、トージョーはんのひげをちょいとひっぱった。

—何《なん》ちゅうても、この名前を呼《よ》び歩くのには勇気がいりますやろ。そやかてしゃあない。呼んで歩いておりましたら——町角でばったり、このお二人《ふたり》に出会いましたんや。

事情《じじょう》を聞いた恵津ちゃんは、あの澄《す》んだ声で、一声呼んだというのである。すると、砥《と》石屋《いしや》の横からタンポポの綿毛《わたげ》みたいに、ふわんと出てきた、というのだった。

そこで洋《ひろし》は恵津ちゃん母娘《おやこ》をにいちゃんに紹介《しょうかい》し、洋次郎は、まぶしそうに二人を（と

りわけ、恵津《えつ》ちゃんを）見て、おずおずと両手をのばして、トージョーはんを受け取った。二人《ふたり》がとても熱心に探《さが》しつづけたと聞いた恵津ちゃんのかあさんが、

―ほんまに、よっぽどおかわいんどすなあ。

と感心してくれたが、まさか、寒がりのわたしのもう一つの湯タンポやさかい――とは答えられなかった。

3

恵津ちゃんは、トージョーはんのふわふわの毛から、少女歌劇《かげき》の舞台《ぶたい》を思いおこしていた。あの舞台は、この時節とは関係ないみたいに陽気ではなやかで輝《かがや》いていた。従姉《いとこ》が、宝塚《たからづか》の、とりわけいま人気の天津乙女《あまつおとめ》のファンで小遣《こづか》いのつづく限《かぎ》りかよっている、とそっと話してくれたのも分かる気がした。それでも恵津ちゃんはひととおり見ると満足して帰ってきたが、従姉の淳子《じゅんこ》ちゃんは、

―今日がさいごやさかい、おわりまで見届《みとど》けんと！

いきまいて、坐《すわ》りつづけ（むろん、切符《きっぷ》は確保《かくほ》してあった。地元のファンの強味《つよみ》である……）、ねばりつづけた。

そして、夜、帰ってきたときはひどいありさまだった。

大きな声でいうたらあかんとおどされたけど、えらいことやってんよ……と、淳子《じゅんこ》ちゃんが話してくれたが、――その日限《かぎ》り宝塚《たからづか》少女歌劇《かげき》は休演《きゅうえん》というので、どっと押《お》しよせたファンが帰らず、警官《けいかん》が出て、サーベルを抜《ぬ》いて整理し、おどした、というのだ。淳子ちゃんはもみくちゃにされ、それでも帰らず、ぎりぎりまでねばってみんな見てきたというのだが、ファンはサーベルもこわがらなかったらしかった。

……女《おなご》はんは、ほんまに強おますなあ。

話を聞きおわった佐脇《さわき》さんがためいきまじりに真剣《しんけん》な声を出したので、洋次郎、洋《ひろし》も、恵津《えつ》ちゃん母娘《おやこ》も笑ってしまったが、笑いながら洋は、

（この恵津ちゃんかて、そんなにつよーい女のシンをもってるんやろか……）

と思い、知らん顔でさぐってやったが、洋にはそいつはとても想像《そうぞう》できなかった。

―いや、何せこの二月の末で歌舞伎座《かぶきざ》は東京も大阪も休みやし、京都かて南座《みなみざ》は休場だす。何やこう、最後のでいり前みたいに、みんなまなじり決して、あとふりむかんと走れ――いうみたいだすなあ……。

佐脇さんはしみじみした調子でつぶやいたが、その重さも、洋にはまだ分からなかった。

＊

休場だの閉鎖《へいさ》だのというのは、少女歌劇や歌舞伎座ばかりではなかった。有名な料理屋さんやバーも閉鎖された。デパートの大食堂は、雑炊売場《ぞうすいうりば》に早変《はやがわ》りさせられた。ビヤホー

ルなんか、もうなかった。

宝塚《たからづか》の生徒たちは、伊丹《いたみ》の川西《かわにし》航空機工場へ動員されて事務員《じむいん》になることに決められており、もっと大きなことは、洋《ひろし》たちの一年下の生徒から、集団疎開《しゅうだんそかい》させられることに決められていることだった……。

4

四月、あわただしい空気の中で、洋は六年生になった。第五分団《ぶんだん》の団長《だんちょう》に〝昇格《しょうかく》〟したおかげで、毎朝分団員を引率《いんそつ》して登校せねばならなかった。

学校の一町《ちょう》手前から四列縦隊《じゅうたい》に整列した少年たちは、歩調とって校門をくぐらねばならない。

―ゼンタアアイ右ィ！　つづいて、ゼンタアアイ、ヒダリィ。

で、砂場《すなば》の前に出る。

―ゼンタアイ、トマレエェィ！

で、ピタリと止まらねば、当番の先生が、

―モトオイ！

と、号令をかける。となると、全員駆足《かけあし》で校門へもどり、隊列を整え、さっきよりもっと足を高くあげ、行進しなければならない。

砂場《すなば》の前の校舎《こうしゃ》の二階は講堂《こうどう》である。講堂にむかって全員サイケイレエイ！　をしなければならない。講堂にはもったいなくも（気ヲツケエイ）御真影《ごしんえい》、つまり天皇皇后両陛下《てんのうこうごうへいか》の（ヤスメエイ）御写真が安置してあるからであった。——

それがすめば分団長《ぶんだんちょう》は人員報告《ほうこく》をしなければならない。

—第五分団、分団長以下十八名、うち、欠席二名、現在員十六名、異常《いじょう》ありませェェん！

ここで先生が答礼《とうれい》し、一瞬《いっしゅん》のうちに員数を点検確認《てんけんかくにん》し、まちがいがなければ、

—ヨオシ！

まちがいがあれば、

—モトオイ！

とくる。

洋《ひろし》は、四月のはじめ、何度も員数報告でまちがえた。緊張《きんちょう》のあまり自分を団員に入れてしまったり、欠席人員の引算《ひきざん》の際《さい》、まちがえるのである。

そのたびにむろん、

—モトオイ！

がくり返され、次の順を待っている他の分団をいらいらさせた。それが運悪く女の子た

ちの分団《ぶんだん》だと、洋《ひろし》はよけいにあがってしまい、いよいよトチるのである。

そんなときは、もちろん、先生のげんこつがほっぺたにとぶことを覚悟《かくご》しなければならない。四月中に洋は七つもげんこつをちょうだいしたが（そのたびに、アリガトウゴザイマシタア！　とお礼を申し上げなければならない……）――大男の羽田先生のは痛《いた》くなくて、音楽専門《せんもん》の石田《いしだ》先生のがとびあがるほど痛かったのは意外だった。石田先生はほっそりと小柄《こがら》で、色白な女みたいな先生だったからである。

洋が比較《ひかく》研究の結果をうちあけると、日山《ひやま》くんは、

―そらあたりまえや、考えてみてみい、音楽やる人はピアノひきはるやろ。指や腕《うで》がきたえてあるんや。

と、推測《すいそく》してくれた。

六年生になってうれしかったのは担任《たんにん》が中谷《なかたに》先生から川岸《かわぎし》先生にかわったことだった。中谷先生とちがって川岸先生はやさしかったが、洋にはすぐにまたべつの不安が湧《わ》いた。あの、なぎさちゃんとのお勉強のことが気になったのである。いくら何でも、担任の先生に家庭教師《かていきょうし》をお願いすることはできるわけがなかった。すると、洋のひそかなたのしみである週に二回の「お勉強の時間」は……。

不安は現実になった。先生のほうから辞退《じたい》され、洋のかあさんも同意するほかはなかった。灯《あかり》がまた一つ、消えた思いで、洋はさびしかった。うれしかったのは、先生が、なぎ

さちゃんのほうはべつにかまわんではないですか、と言われたのに対して、なぎさちゃんが、洋《ひろし》の方が止《や》めるならうちかて止めます——と言ってくれたことだった。さびしさが甘《あま》ずっぱい気もちにかわったようで、四月のある日、「お便所」の入口ですれちがったとき、洋はどうしても、その気もちを伝えたくて、

—川岸先生、ことわってくれたンやてなあ、おおきに。

と、早口で言ったが、なぎさちゃんは、よく分からない顔で入っていってしまった。

(場所がケッタイやったさかいやろか……)

と、洋は、二日ばかりなやんだが、学校で二人《ふたり》で話す機会は、もうなかった。何かふっきれない気もちが残っていたせいか、この分団長《ぶんだんちょう》は、またしても、報告《ほうこく》のときにヘマをやった。そのときの当番は川岸先生だった。担任《たんにん》であり、家庭教師《かていきょうし》もしてもらっていたという気もちが重なったせいか、洋は自分でも知らずににっと笑って報告のやり直しをしようとした。まわりには、いまさき解散《かいさん》した第七分団の連中が歩いている。次の分団は、なぎさちゃんの第六分団だった。洋にはそんなまわりのことも、ちゃんと目に入っていた。

(なぎさちゃんが……)

洋の頭のすみっこに、川岸先生となぎさちゃんと三人の時間が、ぽっとともった。洋はも一度笑うと、いざ再報告《さいほうこく》と口許《くちもと》をひきしめた。そのとたん、

—歯を見せるでなあい!

先生の声がつばのかたまりといっしょに吐《は》き出され、洋《ひろし》の左のほっぺたに思いもかけぬくらいのげんこつがとんで、洋は砂場《すなば》に転倒《てんとう》した。おどろきと恥《は》ずかしさが、洋の足の力を抜《ぬ》いてしまっていた。

―タテエイ！

洋は、よろよろ立ちあがった。こんどは右に一発くらった。

―タルンデオオル！

顔をゆがめながら洋は、

（川岸先生は、左ぎっちょやった。ぎっちょの人は右の方も利《き》くんやなあ……）

と、両ほほに加えられた同じ痛《いた》みを思いくらべて、考えていた。

何故《なぜ》か口惜《くや》しく、涙《なみだ》が一筋《ひとすじ》、すっと流れた。涙のむこうに、なぎさちゃんの白い顔がうるんで見えた。とても遠くにいるみたいに見えた……。

＊

一日中《じゅう》ぼんやりすごしたあと、家に帰り、ぼそんとした声で、ただいまのあいさつをして玄関《げんかん》をあけると、洋次郎が白い顔で立っていた。洋を待ちかねているようだった。

―佐脇《さわき》さんが――

―ど、ないしはったン？

―ひっぱられた。

—どこへ？

—憲兵隊《けんぺいたい》。

—ケンペイタイ？

つばのかたまりをのみこんで洋《ひろし》がたずねた。

—な、なんで？

—トージョーはんが原因《げんいん》や。

—トージョーはん？

洋には見当がつかなかった。それから、あっという思いでトージョーはんの名付けのときの佐脇《さわき》さんのつぶやきを思いだした。

—東條《とうじょう》はんで、どや。

—トージョーはん？　いうたら、あの首相《しゅしょう》だすか。

—そや。いっぺんあのおひげの大将《たいしょう》のこと、気やすう呼《よ》びたかったんや。

—いのちがけだすけどなあ……。

—町内でだれぞが言いつけよったんや。

洋次郎は〝密告《みっこく》〟といういやなことばをつかいたくなかった。洋の顔も、さっと白くなった。

朝の地獄《じごく》

1

町は、次の角までつづいているのに、そこを曲がると、とつぜん焼跡《やけあと》がひろがっていた。たれさがる架線《かせん》、そこここからあがる白煙《はくえん》のむこうに、まっすぐに町（だったもの）全体が見とおせた。

焼跡には、たくさんの人が歩きまわり動きまわっているのに、声は少なく、溶《と》けてあきっぱなしになった蛇口《じゃぐち》や鉄管からふきでる水の音が、いやに耳についた。人びとは、おのれの家（だったはずの）焼跡に呆然《ぼうぜん》と立ちつくすか、宝《たから》でも埋《うま》っているかのように、やたらと掘《ほ》り返していた。

臭《にお》いにもなかなかなれなかった。焼け残ったはずの倉には火が入っているので、扉《とびら》をあけたとたん、爆発《ばくはつ》するようないきおいで火を吐《は》いた。そうと分かっていても、あけてみずにはいられぬ人たちばかりで、そんなのが起こす新しい火が小さな風を呼《よ》んで臭いをまきひろげる。ありとあらゆるものを焼いた臭いにまじる屍体《したい》のそれがやはり強烈《きょうれつ》で、洋《ひろし》も洋《よう》次郎《じろう》も、つい鼻先をあおぐようにするのだが、臭いはしつこくからみついてきた。

空《そら》は更《さら》に暗くなった。黒い運河《うんが》の水のいろだ。

末吉橋《すえよしばし》からまっすぐに塩町《しおまち》じゅうが見渡《みわた》せた。家がつづき、町であったときには、橋から我が家まではずいぶんあると思っていたのに、焼けてみると、つい目と鼻の先だった。昨夜《ゆうべに》逃げ走ったときは、何キロもあるように思ったのに、大人《おとな》の足で百歩くらいに見えた。

—ほんまにもう、ズンベラボンだすなあ。

佐脇《さわき》さんもさすがにそれ以外にことばが見つからないようすだった。

橋を渡って北へ一町《ちょう》のところにあるコークス集積場はまだ炉《ろ》のように燃《も》えていた。幼《おさな》いころは砂場《すなば》がわりに遊んだところだったのに……と、近寄《ちかよ》れもできずに洋《ひろし》は立ちすくんで眺《なが》めた。そのすぐ横の階段をおりたところに、いつも舫《もや》ってある石炭船は、ふちだけ焼けのこったかっこうで沈《しず》んでいた。そしてその階段のはじまりのところにある電柱（だったのが、焼けぼっくいにしか見えなかった……）のあたりのかたまって焼け焦《こ》げたものに目をやった洋次郎は、

—ひ、ひろし、あれ、みんな、ねこやで。

叫《さけ》び声《ごえ》をあげて近寄り、ひとみをこらした。もしやトージョーはんが……と思ったのだ。

（そやけど、まさか……）

まさかあの敏捷《びんしょう》なねこが——と思ったのは見込《みこ》みちがいだった。二ダースあまりものねこが、そこにかたまって焼け死んでいるのだった。そしてその先頭に斃《たお》れていたのが、ト

ージョーはんだった。わずかに焼け残った毛のいろと、顔からすぐにわかった。

（あいつ、いつのまにこのへんのボスになっとったんやろ……）

そう思ってやることでしか、なぐさめようがない気もちがした。それにしても、逃《に》げ場《ば》を失《な》くしたねこを率《ひき》いたまではよかったが、行先《ゆくさき》の見当をあやまったリーダーにつづいたねこは、あわれだった……。

（トージョーはんがまちがわんかったら、助かったかもしれんなあ……）

とは思ったが、口には出せなかった。人間でも、煙《けむり》にまかれ火に追いたてられて、見当が狂《くる》い、逃げ遅《おく》れ逃げ惑《まど》ってたくさん焼け死んだ地獄《じごく》の夜だった。人間の足許《あしもと》の高さのねこの目では、とても逃げきれなかったのは、無理なかったのだ……。

むろん、佐脇《さわき》さんも一目《ひとめ》でトージョーはんを見わけていた。佐脇さんのカモメのような顔の頬《ほほ》に、一筋《ひとすじ》、ひきつりが走った。しかし、何も言わずに、歩きだした。家（の焼跡《やけあと》）は、すぐそこだ。

＊

あんな大きな銀杏《いちょう》と楠《くすのき》が、あとも残さず焼けつくしていることに、まずあっけにとられた。このあたりの火勢《かせい》の強さを想像《そうぞう》してぞっとした。その強い火で一気に焼かれたせいか、家のものは一切《いっさい》がまことに見事に焼かれていた。

台所のあとには、焼け溶《と》けた瀬戸物類《せともるい》が、土の上に四散《しさん》していた。かあさんが何十年ものあいだ、使いこみ、洗いあげ拭《ふ》きたててきた大皿小鉢《こばち》もごっちゃになって溶《と》けあっていた。

洋次郎は、実にすっきりと灰《はい》になったレコードの山に呆然《ぼうぜん》としていた。まあるいレコード盤《ばん》のままの形で、灰のドーナッツになって、二階からすとんと焼けおち、形だけそっくり焼け残っていたのだった。しばらくそいつを見下ろしていた洋次郎は、まだ熱いまあるい灰のドーナツをそっと指で押《お》した。指先に熱さを感じる前に、灰はくすんと崩《くず》れ、風に散った。フルートの鋭《するど》い響《ひび》きが、洋次郎の耳許《みみもと》で鳴った気がしたが、もちろん空耳《そらみみ》であった。

洋《ひろし》は、家のすみっこの妙《みょう》な穴《あな》の前に立って一人《ひとり》感心していた。便所だったはずの場所だったが、そのあまりのせまさに驚《おどろ》いてしまったのである。毎朝、きまって坐《すわ》りこみいろんなことを「考えて」いた場所がこんなにもせまいことに感心していたのである。それから洋の脳裏《のうり》に、いきなり、橋本《はしもと》にある伯父《おじ》の別荘《べっそう》の便所と、その窓《まど》から見えたサルスベリの淡紅色《たんこうしょく》の花がうかんだ。あそこの便所は畳《たたみ》一畳《じょう》ぶんのひろさがあり、上敷《うわじ》きがしいてあり、花瓶《かびん》がおいてあり、蚊《か》とり線香《せんこう》入れの古い箱もおいてあった。ひろびろとして静かで、夏でも涼《すず》しかった。便所の臭《にお》いよりも、古い家の壁《かべ》と土の匂《にお》いがしていた……。その匂い、静かさ、涼しさ、そして窓の外でそよ風にふるえるように咲《さ》いていたサルスベリの花が、いま焼跡《やけあと》でぼんやり立っている洋の目と耳と体に感じられるのだった……。洋はむしょうに、橋本へ行きたい、伯父の別荘の青畳《あおだたみ》の奥《おく》の間《ま》に寝《ね》そべってみたい……と思った。そこで、橋本の裏山《うらやま》にあるとうさんの墓《はか》のことを思い出した。すると、にわかに、鼻先の空気に屍体《したい》のあのいやな臭《にお》いがうずまいてきた。

佐脇《さわき》さんは、家の焼跡《やけあと》に立つなり、何一つ救えるものなんかないことに気づいていた。それで、ゆっくりと町内を見まわしていた。洋《ひろし》の小学校がすぐそこに見えた。鉄筋建《てっきんだて》だったから建物はそのまま残っている。けれど、ここから見ても、中はすっかり焼けたことは分かった。

（このぶんやと、廃校《はいこう》になるやろな……）

と、佐脇さんは推測《すいそく》していた。しかしもちろんそいつを口にすることはなかった。

そうした三人の耳に、聞きおぼえのある声のソプラノがとびこんだ。

―だれか、はよ、きてンかァ。

砥石屋《といしや》のおばあちゃんだ。

声のけたたましさに、三人は揃《そろ》ってかけだしていた。いつもの癖《くせ》で、露路《ろじ》をまっすぐ走りだしたが、すぐ気がついて、瓦礫《がれき》の上を斜《なな》めに近道した。通りでは珍妙《ちんみょう》な捕物《とりもの》のまっさい中だった。

おばあちゃんが、ニワトリを追っかけているのだ。

―うちの、わしのトリやでェ。生きとったんや。つかまえるんや。

おばあちゃんは、うれしいのでのぼせ、トリが他人につかまると――と思うとあせって、声はすてきなソプラノになった。

佐脇さんがニワトリの前にまわりこみ、両側に兄弟が立った。おばあちゃんの金切声《かなきりごえ》が追いたて、佐脇《さわき》さんがトリを抱《だ》きあげて、おばあちゃんに渡《わた》した。

おおきに、ほんまにおおきに……と三人にむかってくり返しながら、おばあちゃんは、ニワトリにねこのように頬《ほお》ずりしていた。

—ほんまに、よう生きとってくれた……。

おばあちゃんは、火が入って役にたたなくなった砥石《といし》の山を背《せ》に、ニワトリに何度も話しかけていた。

—これに包んでいきなはるとええ。

佐脇さんが、役にたたなかった一反風呂敷《いったんぶろしき》をさしだした。そんなうまそうなものをつれて歩いとったら、狙《ねら》われるさかい……という配慮《はいりょ》からだった。おばあちゃんは、めずらしいものでも見るように、風呂敷を見ていたが、また、おおきに……をくり返してニワトリをていねいにくるみはじめた。

＊

ニワトリが焼き鳥にならずに生き残って、ねこが集団で焼け死ぬ。いまごろになって、裸《はだか》の鉄管から爆発《ばくはつ》したように吹《ふ》きだす水のおかげで、あたりの残り火があっさり消される。逃《に》げこみ、火から助かるつもりの防空壕《ぼうくうごう》で蒸焼《むしや》きになってたくさんの人が殺される。ふつうなら、いまの季節にとびこんだら心臓《しんぞう》まひで死ぬはずの運河《うんが》にとびこんでたくさんの人が命拾《いのちびろ》いする。死んでしまったわが子を背《せ》に、生きてるようにあやしながら走る母親の横で、まだいきのある赤《あか》ん坊《ぼう》を、屍体《したい》のように小脇《こわき》にしっかり抱《だ》きしめて、ほたほた歩く母親がいた……。

おかしなことがあたりまえのことになり、あたりまえのことがおかしなことになっていた。世界が逆《さか》立《だ》ちして動いていた……。

＊

ニワトリを抱いて焼跡《やけあと》を立ち去るおばあちゃんの後姿《うしろすがた》を三人は焼跡に立ちつくして、見送っていた。これまでなら、そこの町角を曲がれば見えなくなるはずのおばあちゃんは、どこまで遠ざかろうと、見とおすことができた。おかげで三人は長いこと、そうしていた。しかし実際《じっさい》、ほかに何かすることがあっただろうか……。

―久宝寺《きゅうほうじ》にB公《ビーこう》が落とされとる言うでェ。

だれかの話声《はなしごえ》を、まず洋次郎の耳がとらえ、話声の主《ぬし》を中心に何人かの国民服姿《こくみんふくすがた》が西へむかうのを見ると、洋次郎は洋《ひろし》と佐脇《さわき》さんに、見に行こ……と声をかけた。B－29が撃墜《げきつい》された言うてはる……。

2

墜落《ついらく》現場は黒山の人だかりだった。

南久宝寺町《みなみきゅうほうじまち》二丁目の電車通り歩道から、電車通りをいっぱいに横切ったかっこうでB－29は撃墜《げきつい》されていた。細長い胴体《どうたい》も両翼《りょうよく》も激突《げきとつ》し四散炎上《さんえんじょう》したらしく、ほとんど元の形をとどめていない。四つの発動機だけが揃《そろ》って雁首《がんくび》を並《なら》べ、舗道《ほどう》にめりこんで残っていた。

とりかこむ人びとが口ぐちに大声でののしっていた。まるでその輪のまんなかに生きたアメリカ兵でもいるみたいに、誰《だれ》かにむかってののしっているのだった。

—ほんまに一人くらい生き残ってんのンかもしらへんな。

洋次郎が洋《ひろし》にささやき、洋は黙《だま》ってうなずくと、つばのかたまりをのみこんだ。「米《べい》鬼《き》」とやらいう鬼《おに》を一目《ひとめ》見たかった。家を焼いてくれた白面金髪《はくめんきんぱつ》の鬼をにらみつけてやりたい気もちだった。

洋は、小柄《こがら》なのを武器《ぶき》に、人びとの脇《わき》をかきわけ泳ぐようにして囲みの中へもぐりこんでいった。

—ぼんぼん、待ちなはれ！

佐脇《さわき》さんの、いつになくきびしい調子の声が背中《せなか》にとぶのを聞いたが、洋は「泳ぐ」のを止《や》めなかった。いや、そこまできてしまうと、あとは、輪がしまるように人びとが洋《ひろし》を押《お》しこみ押し入れて、やがて洋は、潜水《せんすい》のときのように、頭から輪の中央へ押しだされていた。

ちらとふりかえったが、佐脇《さわき》さんの姿《すがた》も、にいちゃんも見当たらない。洋の目の前に予想以上に巨大《きょだい》な発動機がくすぶっていた。プロペラは巨人の力でねじまげられたかっこうだったが、発動機の直径の大きさが、洋を驚《おどろ》かせた。しかし、それも一瞬《いっしゅん》だった。洋は、目の前の大人《おとな》たちが、掛声《かけごえ》とでもいうように、

―え、ちくしょう！

―こンにゃろ！

―ほんまに、もう！

どなりながら、何かの上に乗り、足踏《あしぶ》みしているのに目を奪《うば》われた。

そこらにおちていたらしい鉄の棒《ぼう》で、横からつつくのがいた。つばを吐《は》きかけるのがいた。石をぶつけるのがいた。何人もに踏みにじられ、まるまったまっ黒いものが――人間の屍体《したい》であり、墜《お》ちた米機《べいき》の搭乗員《とうじょういん》のものだと分かったとき、洋の鼻に、あのいやーな臭《にお》いが、ずんとつき刺《さ》さった。

（屍体を踏んづけてはるのンや……）

目をそらそうと思いながら、洋はもっと大きく目を見開いていた。焼け焦《こ》げた緑いろの

軍服《ぐんぷく》の布切《ぬのき》れから、肉塊《にくかい》が押《お》しだされ、踏《ふ》みにじられ、ちぢまり、はじけた。茶と黒と土のいろしかないあたりに、そこだけがあざやかなピンクの肉塊がはじけ、こまかな骨《ほね》がつき出た。骨の細さと白さが、洋《ひろし》の目につき刺《さ》さった。

それも束《つか》の間《ま》で、何人もの靴《くつ》が、すぐにそのピンクを土のいろに押しこみ泥《どろ》まみれにし、こねあわせ、押しつぶした。

洋はぎゅっと目をつむった。のどもとに何かがこみあげてきた。口もとをおさえて、そこへしゃがみこんだ。

—ぼん。そこのぼん！

威勢《いせい》のいい声が、洋をむりにふりむかせた。どこかのご隠居《いんきょ》さんに見えるとしよりが呼《よ》んでいた。

—ぼんも、行かんかい。蹴《け》とばしたらんかいな。うちの孫を焼き殺しよった、にくい鬼《おに》畜生《ちくしょう》や。

洋はよろめきながら立ちあがった。まわりの人の声が、耳のまわりをとびちがいまじりあい十倍にもふくらんで頭の中で鳴った。

生《なま》つばと黄いろい感じの液《えき》が胸《むね》からかけあがり、のどでふくれあがった。おなかの中のものみんなを吐《は》きそうな気がしたのに、口から出たのは、ほんの少しのつばのかたまりだった。大声をあげすぎてかえってかすれ声になってしまうように、胃の中のものが、声にならぬ洋《ひろし》の叫《さけ》びの中で飛散してしまったものらしかった。

—つばかけたったんか、ようやった、ぼん……。

としよりがうれしそうに言った。洋の顔から血の気《け》が引き、ふらついて目の前の発動機にしがみついてしまった。

—よっしゃ、こんどはそいつをこわしたるのンやな。しっかり行かんかい。ぼん！

としよりの声が、水の中の声のようにかすんで聞こえ、洋は折れ曲がったプロペラを支《ささ》えに、やっと立っていることができた。

—ぼんぼん。

穏《おだ》やかな声が耳許《みみもと》でして、洋は両脇《りようわき》をがっしりした腕《うで》で支えられるのを感じ、そのまま目をつむった。まわりののしり声や叫びが、わぁんとひろがりうすれていくのに、その中でいやにはっきりと、肉塊《にくかい》を踏《ふ》みつける、ずびんずびん……という音だけがきわだって残った。とび出した小骨《こぼね》が踏まれて折れ曲がりまたはじけてとびだす音までが（ほんとは聞こえるわけはなかったのに）、きりりひりりり……と鳴っていた……。骨や骨や……と、洋は夢《ゆめ》うつつの中でつぶやいていた。

＊

—ぼんぼん……。

佐脇《さわき》さんが呼《こ》んでるな……と思う。しかし目があけられなかった。全身から力が抜《ぬ》けて、ただもうだるかった。

―洋《ひろし》……。

にいちゃんが呼《よ》んでるな……と思って、うなずいてみせた。

―毒《どく》ガスでもひろがってたんやろか？

洋次郎はおよそ見当外れのことを口走ったが、そんな想像《そうぞう》をしても無理がないほど、洋の顔色は悪かったのだ。

―えらいもん見てしまいはったんだす。

佐脇《さわき》さんが、ゆっくりと洋を背負《せお》いながら言った。

―何、見よったンや。

―地獄《じごく》だす。

―地獄？

―洋次郎ぼん、行きまひょ。

佐脇さんはそれだけ言って、大またに歩きだした。洋次郎はふりむきふりむき、自分も地獄をのぞいてみたそうだったが、佐脇さんの決然とした足どりに、引き返しもできず、つき従《したが》った。

洋がうっすらと目を開いたのは、松屋町《まつやまち》から谷町《たにまち》へかかる焼け残りの町筋《まちすじ》でだった。

—佐脇《さわき》さん、おおきに。おりて歩けます。

洋《ひろし》は声をかけるなり、自分からとびおりていた。佐脇さんも、その声がしっかりしていたので、とめなかった。焼跡《やけあと》の臭《にお》いがうすれる。目の前の色彩《しきさい》に、生活の色がもどる。赤茶けた瓦礫《がれき》と土と鉄骨《てっこつ》の色とちがい、窓《まど》がありカーテンがありガラス戸があり壁《かべ》があり古くおちついた屋根の色があって、それが洋の目からぎらつきを消していった。

三人は、そのまま黙《だま》って歩いて、平田《ひらた》病院の前に立った。

病院は昨夜《ゆうべ》にまして混雑《こんざつ》していた。佐脇さんは洋をうながして、一人《ひとり》病院に入らせた。洋は、以前遊びにきていたので勝手を知っていたから、思いのほかからくに中へ入りこめた。武士《たけし》くんを探《さが》す。看護婦室《かんごふしつ》横のドアから庭を抜《ぬ》けて居宅《きよたく》のほうへまわると、武士くんはいた。ひどく疲《つか》れた顔をしていた。徹夜《てつや》でこまごまと手伝わされたのだろう。

—白石《しらいし》くんは？

洋はまっすぐになぎさちゃんのことだけをたずねた。

—行かはった。

—どこへ？

—知らん、おとうさんが来やはった。

それから、机《つくえ》のひきだしをあけて、これ……と、薬袋《くすりぶくろ》をさしだした。そっと開いてのぞいてみると、海の青いろのガラス玉が光っていた。あのときなぎさちゃんのポケットに入っていたもんやってンなあ……と思いながら、つまみあげて灯《あかり》にかざすと（ガラス玉のわりにきれいにカットしてあるせいか）そのいくつもの面に、電灯《でんとう》が青白く同じ数だけうつってうつくしかった。くるくるまわすと、海の中で光がまわった……。

—それ、お礼やと……。

武士くんは伝言し、あんまり元気もどらんかったけど、どうにかこうにか……と、つぶやいた。落ち着き先きまったら、ぼくンとこへ知らせる言うてた。きみとこの落ち着き先もきまりしだい教えてンか。ほなら、白石くんとこのン、教える。

武士くんは、きちんとしていた。

—おおきに。

洋《ひろし》は心からお礼を言い、青いガラス玉を薬袋《くすりぶくろ》に収《おさ》めると大事にポケットにしまいこんだ。

出がけにふりかえると、平田病院は、以前とかわらずどっしりとたっていたが、焼跡《やけあと》ばかり見てきた目には、そして何よりもわが家の失《な》くなった洋の目には、以前の何倍もどっしりと立派《りっぱ》に、まるで城《しろ》のように見えた。

＊

その夜も川崎の伯父《おじ》のところへ泊《と》まるほかはなかった。高野《こうや》線が動きしだい、橋本へ行きまひょ、と佐脇さんが提案《ていあん》したが、いつのことかわからない。

静かな伯父《おじ》の家に坐《すわ》っていると、洋《ひろし》も洋次郎も何だか、家《うち》が焼けたと信じられなくなってくる。かあさんは、疲《つか》れがでたのか寝《ね》こんでしまい、それでよけいに静かだったせいもある。

兄弟は、かあさんの目をさまさないよう、そっと二階へあがり、物干《ものほ》し台に出た。

空はまだ雲が厚《あつ》く、星は見えなかった。

——……にいちゃん……。

洋がぽつんと言いだした。

——あの雲のむこうに北斗七星《ほくとしちせい》は光ってはんのンやろか。

——あたりまえやないか。

答えながら、洋次郎も洋も同じことを思い出していた。何年か前、電気科学館で聞いた解説《かいせつ》で、十万年後には北斗七星もその形がくずれる……というやつだった。この数年のうちに、父の突然《とつぜん》の死に始まって、兄弟にとって絶対《ぜったい》に動かず変わらぬはずのことが、いくつも変わってしまった。そしていま、家まで失《の》うなってしもて——二人《ふたり》の中で「戦争《いくさ》」というやつの顔が、はっきり変わって見えはじめたのだった……。

その夜、星が一つでも出たら、洋はあのガラス玉をとおして、星をたくさんにふやして眺《なが》めたかったのだが、星はとうとう見ることができなかった。

単行本あとがき

猫《ねこ》の物語だけで一冊《さつ》の本をつくってみよう——というのは三十年来《らい》の私《わたし》の夢《ゆめ》でした。三十年というのは、最初の本を出したときから数えての歳月《さいげつ》ですから、結構《けっこう》時間がかかったな、と思いますし、それにしてもずいぶんいろんな猫の物語を書いてきたものだなとも思います。

ものごころついたころから、猫はほとんどいつだって私のそばにいました。いっしょに暮《くら》していなくても、すぐ近くにはちゃんといてくれました。祖母《そぼ》が猫好きで、よく長火鉢《ながひばち》の横に坐《すわ》っている猫と話してました。そう、猫板《ねこいた》のついたやつです。猫板というくらいですから猫が好んでのりたがるところでしたが、祖母は猫がそこにのっかると長い煙管《きせる》で打《ぶ》ちました。遠慮会釈《えんりょえしゃく》なく脳天《のうてん》のところを上手にこつんとやります。猫はちょっと顔をしかめ、しぶしぶ猫板からおります。そのくせまた猫板にのぼり、打《ぶ》たれておりるのを繰返《くりかえ》してました。私が外で遊んでいて夕方駈《か》けて家に戻《もど》り、台所で水を飲んでいると、こつんと乾《かわ》いた音がします。

（また叩《たた》かれとるわ。ええかげんに猫板はあきらめたらええのになあ……）

と半《なか》ばあきれながら祖母のいる部屋に入ると、猫は猫板にのっかり、祖母がうとうとしています。そんな光景をあんまり何度も何度も見たものですから、いまとなってはときどきさかさになります。祖母が猫板にのっかってきちんと膝《ひざ》を揃《そろ》えて坐り、うとうとしていて、猫の方は長火鉢の横で煙草《たばこ》をふかしてる……。あの猫は祖母にだけなつき、祖母が亡《な》くなったあともうとうとと長生きするつもりだったのでしょうが、あのいくさのおかげで大空襲《だいくうしゅう》のさなかに行方不明《ゆくえふめい》になってしまいました……。

猫と暮せなかったのはそのあとしばらく、生まれて初めての田舎暮《いなかぐら》しのあいだです。何しろそのころは人間の方が自分の食べるものを手に入れるのに精一杯《せいいっぱい》でしたから。私共《ども》一家も生まれて初めて畑仕事につきました。けれどそんなときにでも、畑のすみっこや、川《かわ》釣《づ》り（といってものんきなものでなく、蛋白源《たんぱくげん》としての魚をとるため）してる足許《あしもと》に、見知らぬ猫がちょこんと坐っていました。

―これしかないねンけど……。

と、こちらが申訳《もうしわけ》なさそうに差しだしたキュウリを食べてくれた猫もいましたし、川釣りのときには自分が釣った雑魚《じゃこ》ですから大威張《おおいば》りでわけてやりました。一度そういう関係になると、その猫は必ずまた姿《すがた》を現《あら》わしました。畑猫のキュウリと川猫のジャコは、私にとって懐《なつか》しい友だちです。

さて、自分がものを書くようになると、私は猫と暮すだけでは足りずに、自分の頭の片《かた》隅《すみ》にも猫を飼《か》い始めました。猫の方は飼われてる気もちなんかありません。自分の方が主人と思っていますから。いつのまにやら私の頭の中は猫でふくれあがり、一杯になりました。そこで、そいつを少しずつとり出しては物語に仕立てる——ということになったのかもしれません。

ともあれ、この本には私が書いた猫の物語が二十篇《ぺん》収《おさ》められています。もう少しありますし、私としては猫と猫一族——ライオンやヒョウたちの物語もと思ったのですが、それだとうんと分《ぶ》厚《あつ》くて重い本になり、あの軽快軽妙敏捷機敏優雅《けいかいけいみょうびんしょうきびんゆうが》を本来の姿とする猫には似《に》合《あ》いません。そこで刈谷政則《かりやまさのり》さんに、編集者《へんしゅうしゃ》として二十篇を選んでもらうことにしました。刈谷さんは、猫にふさわしく洒落《しゃれ》た本にしようと考えてくれ、宇野亞喜良《うのあきら》さんの素《す》晴《ば》らしい絵を添《そ》えてもらうという贅沢《ぜいたく》までさせてくれました。

三十年来の夢がこうして贅沢に叶《かな》えられて、私はとても喜《よろこ》んでおります。ところで読者のみなさんに喜んでもらえたかどうか、私はこの本に登場させた猫のみなさんといっしょに、ページの隙間《すきま》からそっと覗《のぞ》いているところです……。

一九九一年秋
今江祥智

エッセイ
青く輝く花

岩瀬成子

　今江祥智さんと一緒に街を歩くのは浮き浮きすることだった。たいていは三、四人連れだって。ときには五、六人で。今江さんと京都の街を歩くのは、街が明るく晴れわたるような気のすることで、雑踏さえも嬉《うれ》しく思えた。今江さんは店先の小さなものに目を留《と》めて、「ほう、いいな」などと言われる。すると、それがたちまちとてもいいものとして立ち現われてきて、「ほんとうだ。とってもいいですね」と、わたしは嬉しくなって、思わず尻尾《しっぽ》を振ってしまうのだ。

　面白いもの、美しいもの、楽しいもの、気が利いているもの、洒落《しゃれ》たものを見出《みいだ》される今江さんの感覚はとび抜けていたから、どの道を歩いても楽しくて、歩きながらの会話に笑っているうちに、えーと、どこに向かっているのだったか、と目的地を忘れてしまいそうになった。今江さんと歩くときの気分は、まるでお供をしている幸せな犬の気分だった。「面白いなあ」と言われると、わん、と思った。「ケッサクやな」と言われると、わんわん。

尻尾をぶんぶん振って、どんどん嬉しくなっていった。

ムックもきっと、と思い出す。毎日が嬉しかったんじゃないかな。

ムックは今江さんが昔飼われていた犬で、そのころ今江さんは上賀茂《かみがも》に住んでおられた。それは四十年ほど前のことで、わたしは今江さんが教鞭《きょうべん》を執《と》っておられた大学で、今江さんの授業の聴講生だった。

今江さんは貧しいわたしを心配して、娘さんの「遊び相手」というアルバイトを与えてくださった。その家にいたのがマルチーズのムックだった。ムックはころころと太っていて、にこにこ笑っているような犬だった。今江さんの家にはいつも訪問客があってにぎやかで、ムックはお客の作家や画家や編集者や学生たちと一緒に食卓を囲み、今江さんのそばでお刺身やエビフライなどを嬉しそうに食べていた。

ムックは今江家の家族であり、今江さんの相棒であり、守り手でもあった。いつもご機嫌で、どっしり家のまんなかにいて、あっちへこっちへ、今江さんと散歩に出かけていた。

長命だったムックが亡くなってからは、北白川《きたしらかわ》に移られていた今江さんはもう犬は飼われなかった。わたしはそのころには故郷《こきょう》の山口県に帰っており、以前のようにしょっちゅうお宅にお邪魔することはなくなっていたが、たまにお伺いすると、北白川の家には猫の気配があった。今江さんの猫との付き合い方は、ムックとの濃い付き合い方とは違って、距離のある、というか、自由な、というか、融通無碍《ゆうづうむげ》といえばいいか、深入りしない付き合い方で、それを楽しんでおられるようだった。

北白川の家には出入り自由の猫が何匹かいた。けれど、家の中でいま一匹を紹介されたかと思うと、すぐにぷいとどこかへ姿を消してしまっていて、いないのかと思っていると、ふと、どこかに猫の気配を感じる、そんなふうだった。まるで「笑い猫飼い」（『きょうも猫日和』所収、ハルキ文庫）みたいだった。裏庭にはたしかにいろんな猫が出入りしている気配があるのだが、この短篇の笑い猫的な「いないいないばあ」のように、「ん？」と振り向くと、「あ、いまそこに」と思えるような存在ぶりでもあった。

今江さんは見知らぬ猫（者）を、「なあ、ここで会ったのも何かの縁だ。まあ寄っていきなさいよ」と温かく迎え入れるような人でもあった。

だから今江さんの周囲にはいつも人が（猫も）いた。

「どしゃぶりねこ」の猫たちよろしく、楽しい今江さんの庭には人が集まって、みんなどろんこになるまで遊び、笑い、話した。「どしゃぶりねこ」という短篇はもともと山下洋《やましたよう》輔《すけ》さんのレコードジャケットのために書かれたもので、ピアノの音がはじけるように、描かれる猫たちはどこまでも転げ、跳ね、飛びまわっていて、山下洋輔ファンのわたしには嬉しい一篇《ぺん》である。

『きょうも猫日和』につづいて、この本でも、さまざまな愛すべき猫たちが収録されているから、猫好きはもちろん、そうでない人も、猫の不思議さ、自在さを、存分に楽しむことができるだろう。

と書いてみたものの、いやあ、だけども、と、よけいな心配も起きてくる。猫が嫌いな人たちは、この本のタイトルを見ただけで手を引っ込めてしまうんじゃないか。

世の中には猫好きがいるのと同じほど猫嫌いの人がいて、双方のあいだでは密《ひそ》やかな、ときには派手な、喧嘩《けんか》がそこここで繰り広げられているらしい。らしい、というか、わたし自身にも戦いの経験はある。経験してわかったことは、猫嫌いの人をいかに説得しても、猫を好きにさせるどころか、猫のことを知りたいと思わせることさえできないということだ。その人たちはそれこそ、猫の気配がしただけで眉をひそめてしまい、猫と仲良くなりたいなどとは露ほども思っていない。

でも、でも、とわたしは思う。あなたが嫌っているから、猫のほうでもあなたを嫌っているんですよ。猫というものは（犬と同じで）話がわかる動物であって、こちらの言うことにはだいたい理解を示すし、またこちらに伝わるように自分の気持ちも表明するんですよ。好きになれば、とってもいい友人になれるんです。そうなんですよ、人間の関係と同じなんです。こっちが嫌えば、むこうも嫌う。などと言い募《つの》るわたしがすでに嫌われてしまっているのだろう。

こういう言い方がゆるされるならば（いささかこじつけ気味だけれど）今江さんは人に

対して猫的であったなあ、と思う。

相手がどんな人であっても細やかに気を遣われていた。どんな場でもとても慎み深くて、誰に対しても押しつけがましいところがなかった。相手の気持ちを察して、みなまで言わせないうちに首肯《しゅこう》されるようなところがあった。相手の無作法に怒りを表されることもなくて、やんわりとその人との距離をとられるのだった。そのように、わたしには見えた。

今江さんが亡くなった、という知らせを受けたとき、わたしは携帯を耳に押し当てたまま、窓から冬の空を見あげた。胸の中に大きいものがこみ上げてきそうな予感がして、それを押しとどめようとしていたような気もするし、空に昇っていかれる今江さんをお見送りしたい気持ちだったような気もする。

今江さんは「ゆめみるモンタン」のモンタンのように、「かるい目まいのなかで、(モンタンは)ゆっくりと、じぶんのからだからぬけだして」いかれたのではないか。「かるくかるくなって、まるで、けむりみたいになって、じぶんのからだから、たちのぼって」いかれたのだと思う。だってモンタンは今江さんに似ているもの。おいしいものが好きで、果物も好きで、水割りもビールも好きで、音楽はことさらシャンソンが好きで、本を読むのも好きなのだから。きっと「タンポポのわた毛みたいにやさしく」空に昇っていかれたのだと思う。

今江さんが書かれ、また訳された作品は何百あるのかわからないが、読みなおすたびに、今江さんだけが持っておられた強度のある優しさに包まれる気がする。今江さんの筆によってのみ花開くことのできた花々が、この、けして明るいばかりではない世界に青く輝いて、人間への信頼を示しつづけているのを見ることができる。それはとても幸せなことなのだと思う。

（いわせ・じょうこ／児童文学作家）

本書は、単行本『きょうも猫日和』（一九九一年　マガジンハウス）に収録された二十篇のうちの十作品を底本として収録しました。

単行本『きょうも猫日和』の他の十作品は、「飛ぶ教室　第40号」（二〇一五年一月　光村図書出版）に掲載された「ばけねこざむらい」（遺作）とともに『きょうも猫日和』（一六年十月　ハルキ文庫）に収録いたしました。

Haruki Bunko
ハルキ文庫

い 23-2

ねこをかうことにしました

著者　今《いま》江《え》祥智《よしとも》

2016年12月18日第一刷発行

発行者　角川春樹

発行所　株式会社角川春樹事務所
〒102-0074 東京都千代田区九段南2-1-30 イタリア文化会館

電話　03(3263)5247(編集)
03(3263)5881(営業)

印刷・製本　中央精版印刷株式会社

フォーマット・デザイン　芦澤泰偉
表紙イラストレーション　門坂 流

ISBN978-4-7584-4054-7 C0193 ©2016 Eriko Imae Printed in Japan
http://www.kadokawaharuki.co.jp/ [営業]
fanmail@kadokawaharuki.co.jp [編集]　ご意見・ご感想をお寄せください。